Gottfried Keller

Kleider machen Leute
Romeo und Julia auf dem Dorfe

Erzählungen

Fischer Taschenbuch Verlag

Originalausgabe

Veröffentlicht im Fischer Taschenbuch Verlag,
einem Unternehmen der S. Fischer Verlag GmbH,
Frankfurt am Main, März 2008

Satz: MedienTeam Berger, Ellwangen
Druck und Bindung: Clausen & Bosse, Leck
Printed in Germany
ISBN 978-3-596-90022-0

Unsere Adressen im Internet:
www.fischerverlage.de
www.fischer-klassik.de

Inhalt

Kleider machen Leute

An einem unfreundlichen Novembertage wanderte ein armes Schneiderlein auf der Landstraße nach Goldach, einer kleinen reichen Stadt, die nur wenige Stunden von Seldwyla entfernt ist. Der Schneider trug in seiner Tasche nichts als einen Fingerhut, welchen er, in Ermangelung irgendeiner Münze, unablässig zwischen den Fingern drehte, wenn er der Kälte wegen die Hände in die Hosen steckte, und die Finger schmerzten ihn ordentlich von diesem Drehen und Reiben. Denn er hatte wegen des Falliments irgendeines Seldwyler Schneidermeisters seinen Arbeitslohn mit der Arbeit zugleich verlieren und auswandern müssen. Er hatte noch nichts gefrühstückt als einige Schneeflocken, die ihm in den Mund geflogen, und er sah noch weniger ab, wo das geringste Mittagbrot herwachsen sollte. Das Fechten fiel ihm äußerst schwer, ja schien ihm gänzlich unmöglich, weil er über seinem schwarzen Sonntagskleide, welches sein einziges war, einen weiten dunkelgrauen Radmantel trug, mit schwarzem Samt ausgeschlagen, der seinem Träger ein edles und romantisches Aussehen verlieh, zumal dessen lange schwarze Haare und Schnurrbärtchen sorgfältig gepflegt waren und er sich blasser, aber regelmäßiger Gesichtszüge erfreute.

Solcher Habitus war ihm zum Bedürfnis geworden, ohne dass er etwas Schlimmes oder Betrügerisches dabei im Schilde führte; vielmehr war er zufrieden, wenn man ihn nur gewähren und im Stillen seine Arbeit verrichten ließ; aber lieber wäre er verhungert, als dass er sich von seinem Radmantel und von seiner polnischen Pelzmütze getrennt hätte, die er ebenfalls mit großem Anstand zu tragen wusste.

Er konnte deshalb nur in größeren Städten arbeiten, wo solches nicht zu sehr auffiel; wenn er wanderte und keine Ersparnisse mitführte, geriet er in die größte Not. Näherte er sich einem Hause, so betrachteten ihn die Leute mit Verwunderung und Neugierde und erwarteten eher alles andere, als dass er betteln würde; so erstarben ihm, da er überdies nicht beredt war, die Worte im Munde, also dass er der Märtyrer seines Mantels war und Hunger litt, so schwarz wie des Letztern Sammetfutter.

Als er bekümmert und geschwächt eine Anhöhe hinaufging, stieß er auf einen neuen und bequemen Reisewagen, welchen ein herrschaftlicher Kutscher in Basel abgeholt hatte und seinem Herren überbrachte, einem fremden Grafen, der irgendwo in der Ostschweiz auf einem gemieteten oder angekauften alten Schlosse saß. Der Wagen war mit allerlei Vorrichtungen zur Aufnahme des Gepäckes versehen und schien deswegen schwer bepackt zu sein, obgleich alles leer war. Der Kutscher ging wegen des steilen Weges neben den Pferden, und als er, oben angekommen, den Bock wieder bestieg, fragte er den Schneider, ob er sich nicht in den leeren Wagen setzen wolle. Denn es fing eben an zu regnen, und er hatte mit einem Blicke gesehen, dass der Fußgänger sich matt und kümmerlich durch die Welt schlug.

Derselbe nahm das Anerbieten dankbar und bescheiden an, worauf der Wagen rasch mit ihm von dannen rollte und in einer kleinen Stunde stattlich und donnernd durch den Torbogen von Goldach fuhr. Vor dem ersten Gasthofe, Zur Waage genannt, hielt das vornehme Fuhrwerk plötzlich, und alsogleich zog der Hausknecht so heftig an der Glocke, dass der Draht beinahe entzweiging. Da stürzten Wirt und Leute herunter und rissen den Schlag auf; Kinder und Nachbaren umringten schon den prächtigen Wagen, neugierig, welch ein Kern sich aus so unerhörter Schale enthülsen werde, und als der verdutzte Schneider endlich hervorsprang in seinem Mantel, blass und schön und schwermütig zur Erde blickend, schien er ihnen wenigstens ein geheimnisvoller Prinz oder Grafensohn zu sein. Der Raum zwischen dem Reisewagen und der Pforte des Gasthauses war schmal und im Übrigen der Weg durch die Zuschauer ziemlich gesperrt. Mochte es nun der Mangel an Geistesgegenwart oder an Mut sein, den Haufen zu durchbrechen und einfach seines Weges zu gehen – er tat dieses nicht, sondern ließ sich willenlos in das Haus und die Treppe hinangeleiten und bemerkte seine neue seltsame Lage erst recht, als er sich in einen wohnlichen Speisesaal versetzt sah und ihm sein ehrwürdiger Mantel dienstfertig abgenommen wurde.

»Der Herr wünscht zu speisen?«, hieß es, »gleich wird serviert werden, es ist eben gekocht!«

Ohne eine Antwort abzuwarten, lief der Waagwirt in die Küche und rief: »Ins drei Teufels Namen! Nun haben wir nichts als Rindfleisch und die Hammelskeule! Die Rebhuhnpastete darf ich nicht anschneiden, da sie für die Abendherren bestimmt und versprochen ist. So geht es! Den einzigen Tag, wo wir keinen Gast erwarten und nichts da ist, muss ein solcher Herr kommen! Und der Kutscher hat ein Wappen auf den Knöpfen und der Wagen ist wie der eines Herzogs! Und der junge Mann mag kaum den Mund öffnen vor Vornehmheit!«

Doch die ruhige Köchin sagte: »Nun, was ist denn da zu lamentieren, Herr? Die Pastete tragen Sie nur kühn auf, die wird er doch nicht aufessen! Die Abendherren bekommen sie dann portionenweise, sechs Portionen wollen wir schon noch herauskriegen!«

»Sechs Portionen? Ihr vergesst wohl, dass die Herren sich satt zu essen gewohnt sind!«, meinte der Wirt, allein die Köchin fuhr unerschüttert fort: »Das sollen sie auch! Man lässt noch schnell ein halbes Dutzend Kotelettes holen, die brauchen wir sowieso für den Fremden, und was er übrig lässt, schneide ich in kleine Stückchen und menge sie unter die Pastete, da lassen Sie nur mich machen!«

Doch der wackere Wirt sagte ernsthaft: »Köchin, ich habe Euch schon einmal gesagt, dass dergleichen in dieser Stadt und in diesem Hause nicht angeht! Wir leben hier solid und ehrenfest und vermögen es!«

»Ei der Tausend, ja, ja!«, rief die Köchin endlich etwas aufgeregt, »wenn man sich denn nicht zu helfen weiß, so opfere man die Sache! Hier sind zwei Schnepfen, die ich den Augenblick vom Jäger gekauft habe, die kann man am Ende der Pastete zusetzen! Eine mit Schnepfen gefälschte Rebhuhnpastete werden die Leckermäuler nicht beanstanden! Sodann sind auch die Forellen da, die größte habe ich in das siedende Wasser geworfen, wie der merkwürdige Wagen kam, und da kocht auch schon die Brühe im Pfännchen; so haben wir also einen Fisch, das Rindfleisch, das Gemüse mit den Kotelettes, den Hammelsbraten und die Pastete; geben Sie nur den Schlüssel, dass man das Eingemachte und den Dessert herausnehmen kann! Und den Schlüssel könnten Sie, Herr! mir mit Ehren und Zutrauen übergeben, damit man Ihnen nicht allerorten nachspringen muss und oft in die größte Verlegenheit gerät!«

»Liebe Köchin! das braucht Ihr nicht übel zu nehmen, ich habe meiner seligen Frau am Todbette versprechen müssen, die Schlüssel immer in Händen zu behalten; sonach geschieht es grundsätzlich und nicht aus Misstrauen. Hier sind die Gurken und hier die Kirschen, hier die Birnen und hier die Aprikosen; aber das alte Konfekt darf man nicht mehr aufstellen; geschwind soll die Lise zum Zuckerbeck laufen und frisches Backwerk holen, drei Teller, und wenn er eine gute Torte hat, soll er sie auch gleich mitgeben!«

»Aber Herr! Sie können ja dem einzigen Gaste das nicht alles aufrechnen, das schlägt's beim besten Willen nicht heraus!«

»Tut nichts, es ist um die Ehre! Das bringt mich nicht um; dafür soll ein großer Herr, wenn er durch unsere Stadt reist, sagen können, er habe ein ordentliches Essen gefunden, obgleich er ganz unerwartet und im Winter gekommen sei! Es soll nicht heißen wie von den Wirten zu Seldwyl, die alles Gute selber fressen und den Fremden die Knochen vorsetzen! Also frisch, munter, sputet Euch allerseits!«

Während dieser umständlichen Zubereitungen befand sich der Schneider in der peinlichsten Angst, da der Tisch mit glänzendem Zeuge gedeckt wurde, und so heiß sich der ausgehungerte Mann vor kurzem noch nach einiger Nahrung gesehnt hatte, so ängstlich wünschte er jetzt der drohenden Mahlzeit zu entfliehen. Endlich fasste er sich einen Mut, nahm seinen Mantel um, setzte die Mütze auf und begab sich hinaus, um den Ausweg zu gewinnen. Da er aber in seiner Verwirrung und in dem weitläufigen Hause die Treppe nicht gleich fand, so glaubte der Kellner, den der Teufel beständig umhertrieb, jener suche eine gewisse Bequemlichkeit, rief: »Erlauben Sie gefälligst, mein Herr, ich werde Ihnen den Weg weisen!« und führte ihn durch einen langen Gang, der nirgend anders endigte als vor einer schön lackierten Türe, auf welcher eine zierliche Inschrift angebracht war.

Also ging der Mantelträger ohne Widerspruch, sanft wie ein Lämmlein, dort hinein und schloss ordentlich hinter sich zu. Dort lehnte er sich bitterlich seufzend an die Wand und wünschte der goldenen Freiheit der Landstraße wieder teilhaftig zu sein, welche ihm jetzt, so schlecht das Wetter war, als das höchste Glück erschien.

Doch verwickelte er sich jetzt in die erste selbsttätige Lüge, weil er in dem verschlossenen Raume ein wenig verweilte, und er betrat hiemit den abschüssigen Weg des Bösen.

Unterdessen schrie der Wirt, der ihn gesehen hatte im Mantel dahin gehen: »Der Herr friert! Heizet mehr ein im Saal! Wo ist die Lise, wo ist die Anne? Rasch einen Korb Holz in den Ofen und einige Hände voll Späne, dass es brennt! Zum Teufel, sollen die Leute in der Waage im Mantel zu Tisch sitzen?«

Und als der Schneider wieder aus dem langen Gange hervorgewandelt kam, melancholisch wie der umgehende Ahnherr eines Stammschlosses, begleitete er ihn mit hundert Komplimenten und Handreibungen wiederum in den verwünschten Saal hinein. Dort wurde er ohne ferneres Verweilen an den Tisch gebeten, der Stuhl zurechtgerückt, und da der Duft der kräftigen Suppe, dergleichen er lange nicht gerochen, ihn vollends seines Willens beraubte, so ließ er sich in Gottes Namen nieder und tauchte sofort den schweren Löffel in die braungoldene Brühe. In tiefem Schweigen erfrischte er seine matten Lebensgeister und wurde mit achtungsvoller Stille und Ruhe bedient.

Als er den Teller geleert hatte und der Wirt sah, dass es ihm so wohl schmeckte, munterte er ihn höflich auf, noch einen Löffel voll zu nehmen, das sei gut bei dem rauhen Wetter.

Nun wurde die Forelle aufgetragen, mit Grünem bekränzt, und der Wirt legte ein schönes Stück vor. Doch der Schneider, von Sorgen gequält, wagte in seiner Blödigkeit nicht, das blanke Messer zu brauchen, sondern hantierte schüchtern und zimperlich mit der silbernen Gabel daran herum. Das bemerkte die Köchin, welche zur Türe hereinguckte, den großen Herren zu sehen, und sie sagte zu den Umstehenden: »Gelobt sei Jesus Christ! Der weiß noch einen feinen Fisch zu essen, wie es sich gehört, der sägt nicht mit dem Messer in dem zarten Wesen herum, wie wenn er ein Kalb schlachten wollte. Das ist ein Herr von großem Hause, darauf wollt ich schwören, wenn es nicht verboten wäre! Und wie schön und traurig er ist! Gewiss ist er in ein armes Fräulein verliebt, das man ihm nicht lassen will! Ja ja, die vornehmen Leute haben auch ihre Leiden!«

Inzwischen sah der Wirt, dass der Gast nicht trank, und sagte ehrerbietig: »Der Herr mögen den Tischwein nicht; befehlen Sie vielleicht ein Glas guten Bordeaux, den ich bestens empfehlen kann?«

Da beging der Schneider den zweiten selbsttätigen Fehler, indem er aus Gehorsam ja statt nein sagte, und alsobald verfügte sich der Waagwirt persönlich in den Keller, um eine ausgesuchte Flasche zu holen; denn es lag ihm alles daran, dass man sagen könne, es sei etwas Rechtes im Ort zu haben. Als der Gast von dem eingeschenkten Weine wiederum aus bösem Gewissen ganz kleine Schlücklein nahm, lief der Wirt voll Freuden in die Küche, schnalzte mit der Zunge und rief: »Hol mich der Teufel, der versteht's, der schlürft meinen guten Wein auf die Zunge, wie man einen Dukaten auf die Goldwaage legt!«

»Gelobt sei Jesus Christ!«, sagte die Köchin, »ich hab's ja behauptet, dass er's versteht!«

So nahm die Mahlzeit denn ihren Verlauf, und zwar sehr langsam, weil der arme Schneider immer zimperlich und unentschlossen aß und trank und der Wirt, um ihm Zeit zu lassen, die Speisen genugsam stehen ließ. Trotzdem war es nicht der Rede wert, was der Gast bis jetzt zu sich genommen; vielmehr begann der Hunger, der immerfort so gefährlich gereizt wurde, nun den Schrecken zu überwinden, und als die Pastete von Rebhühnern erschien, schlug die Stimmung des Schneiders gleichzeitig um und ein fester Gedanke begann sich in ihm zu bilden. »Es ist jetzt einmal, wie es ist!«, sagte er sich, von einem neuen Tröpflein Weines erwärmt und aufgestachelt; »nun wäre ich ein Tor, wenn ich die kommende Schande und Verfolgung ertragen wollte, ohne mich dafür satt gegessen zu haben! Also vorgesehen, weil es noch Zeit ist! Das Türmchen, was sie da aufgestellt haben, dürfte leichtlich die letzte Speise sein, daran will ich mich halten, komme was da wolle! Was ich einmal im Leibe habe, kann mir kein König wieder rauben!«

Gesagt, getan; mit dem Mute der Verzweiflung hieb er in die leckere Pastete, ohne an ein Aufhören zu denken, sodass sie in weniger als fünf Minuten zur Hälfte geschwunden war und die Sache für die Abendherren sehr bedenklich zu werden begann. Fleisch, Trüffeln, Klößchen, Boden, Deckel, alles schlang er ohne Ansehen der Person hinunter, nur besorgt, sein Ränzchen voll zu packen, ehe das Verhängnis hereinbräche; dazu trank er den Wein in tüchtigen Zügen und steckte große Brotbissen in den Mund; kurz, es war eine so hastig belebte Einfuhr, wie wenn bei aufsteigendem Gewitter das Heu von der nahen Wiese gleich auf der Gabel in die Scheune geflüchtet wird. Abermals lief der Wirt in die Küche und rief: »Köchin! Er isst die Pastete auf, während er den Braten kaum berührt hat! Und den Bordeaux trinkt er in halben Gläsern!«

»Wohl bekomm es ihm«, sagte die Köchin, »lassen Sie ihn nur machen, der weiß, was Rebhühner sind! Wär er ein gemeiner Kerl, so hätte er sich an den Braten gehalten!«

»Ich sag's auch«, meinte der Wirt; »es sieht sich zwar nicht ganz elegant an, aber so hab ich, als ich zu meiner Ausbildung reiste, nur Generäle und Kapitelsherren essen sehen!«

Unterdessen hatte der Kutscher die Pferde füttern lassen und selbst ein handfestes Essen eingenommen in der Stube für das untere Volk, und da er Eile hatte, ließ er bald wieder anspannen.

Die Angehörigen des Gasthofes Zur Waage konnten sich nun nicht länger enthalten und fragten, eh es zu spät wurde, den herrschaftlichen Kutscher geradezu, wer sein Herr da oben sei und wie er heiße? Der Kutscher, ein schalkhafter und durchtriebener Kerl, versetzte: »Hat er es noch nicht selbst gesagt?«

»Nein«, hieß es, und er erwiderte: »Das glaub ich wohl, der spricht nicht viel in einem Tage; nun, es ist der Graf Strapinski! Er wird aber heut und vielleicht einige Tage hierbleiben, denn er hat mir befohlen, mit dem Wagen vorauszufahren.«

Er machte diesen schlechten Spaß, um sich an dem Schneiderlein zu rächen, das, wie er glaubte, statt ihm für seine Gefälligkeit ein Wort des Dankes und des Abschiedes zu sagen, sich ohne Umsehen in das Haus begeben hatte und den Herren spielte. Seine Eulenspiegelei aufs Äußerste treibend, bestieg er auch den Wagen, ohne nach der Zeche für sich und die Pferde zu fragen, schwang die Peitsche und fuhr aus der Stadt, und alles ward so in der Ordnung befunden und dem guten Schneider aufs Kerbholz gebracht.

Nun musste es sich aber fügen, dass dieser, ein geborener Schlesier, wirklich Strapinski hieß, Wenzel Strapinski, mochte es nun ein Zufall sein oder mochte der Schneider sein Wanderbuch im Wagen hervorgezogen, es dort vergessen und der Kutscher es zu sich genommen haben. Genug, als der Wirt freudestrahlend und händereibend vor ihn hintrat und fragte, ob der Herr Graf Strapinski zum Nachtisch ein Glas alten Tokaier oder ein Glas Champagner nehme, und ihm meldete, dass die Zimmer soeben zubereitet würden, da erblasste der arme Strapinski, verwirrte sich von neuem und erwiderte gar nichts.

»Höchst interessant!«, brummte der Wirt für sich, indem er abermals in den Keller eilte und aus besonderm Verschlage nicht nur ein Fläschchen Tokaier, sondern auch ein Krügelchen Bocksbeutel holte und eine Champagnerflasche schlechthin unter den Arm nahm. Bald sah Strapinski einen kleinen Wald von Gläsern vor sich, aus welchem der Champagnerkelch wie eine Pappel emporragte. Das glänzte, klingelte und duftete gar seltsam vor ihm, und was noch seltsamer war, der arme, aber zierliche Mann griff nicht ungeschickt in das Wäldchen hinein und goss, als er sah, dass der Wirt etwas Rotwein in seinen Champagner tat, einige Tropfen Tokaier in den seinigen. Inzwischen war der Stadtschreiber und der Notar gekommen, um den Kaffee zu trinken und das tägliche Spielchen um denselben zu machen; bald kam auch der ältere Sohn des Hauses Häberlin und Cie., der jüngere des Hauses Pütschli-Nievergelt, der Buchhalter einer großen Spinnerei, Herr Melcher Böhni; allein statt ihre Partie zu spielen, gingen sämtliche Herren in weitem Bogen hinter dem polnischen Grafen herum, die Hände in den hintern Rocktaschen, mit den Augen blinzelnd und auf den Stockzähnen lächelnd. Denn es waren diejenigen Mitglieder guter Häuser, welche ihr Leben lang zu Hause blieben, deren Verwandte und Genossen aber in aller Welt saßen, weswegen sie selbst die Welt sattsam zu kennen glaubten.

Also das sollte ein polnischer Graf sein? Den Wagen hatten sie freilich von ihrem Comptoirstuhl aus gesehen; auch wusste man nicht, ob der Wirt den Grafen oder dieser jenen bewirte; doch hatte der Wirt bis jetzt noch keine dummen Streiche gemacht; er war vielmehr als ein ziemlich schlauer Kopf bekannt, und so wurden denn die Kreise, welche die neugierigen Herren um den Fremden zogen, immer kleiner, bis sie sich zuletzt vertraulich an den gleichen Tisch setzten und sich auf gewandte Weise zu dem Gelage aus dem Stegreif einluden, indem sie ohne weiteres um eine Flasche zu würfeln begannen.

Doch tranken sie nicht zu viel, da es noch früh war; dagegen galt es einen Schluck trefflichen Kaffee zu nehmen und dem Polacken, wie sie den Schneider bereits heimlich nannten, mit gutem Rauchzeug aufzuwarten, damit er immer mehr röche, wo er eigentlich wäre.

»Darf ich dem Herren Grafen eine ordentliche Zigarre anbieten? Ich habe sie von meinem Bruder auf Kuba direkt bekommen!«, sagte der eine.

»Die Herren Polen lieben auch eine gute Zigarette, hier ist

echter Tabak aus Smyrna, mein Kompagnon hat ihn gesendet«, rief der andere, indem er ein rotseidenes Beutelchen hinschob.

»Dieser aus Damaskus ist feiner, Herr Graf«, rief der Dritte, »unser dortige Prokurist selbst hat ihn für mich besorgt!«

Der Vierte streckte einen ungefügen Zigarrenbengel dar, indem er schrie: »Wenn Sie etwas ganz Ausgezeichnetes wollen, so versuchen Sie diese Pflanzerzigarre aus Virginien, selbstgezogen, selbstgemacht und durchaus nicht käuflich!«

Strapinski lächelte sauersüß, sagte nichts und war bald in feine Duftwolken gehüllt, welche von der hervorbrechenden Sonne lieblich versilbert wurden. Der Himmel entwölkte sich in weniger als einer Viertelstunde, der schönste Herbstnachmittag trat ein; es hieß, der Genuss der günstigen Stunde sei sich zu gönnen, da das Jahr vielleicht nicht viele solcher Tage mehr brächte; und es wurde beschlossen auszufahren, den fröhlichen Amtsrat auf seinem Gute zu besuchen, der erst vor wenigen Tagen gekeltert hatte, und seinen neuen Wein, den roten Sauser, zu kosten. Pütschli-Nievergelt, Sohn, sandte nach seinem Jagdwagen, und bald schlugen seine jungen Eisenschimmel das Pflaster vor der Waage. Der Wirt selbst ließ ebenfalls anspannen, man lud den Grafen zuvorkommend ein, sich anzuschließen und die Gegend etwas kennenzulernen.

Der Wein hatte seinen Witz erwärmt; er überdachte schnell, dass er bei dieser Gelegenheit am besten sich unbemerkt entfernen und seine Wanderung fortsetzen könne; den Schaden sollten die törichten und zudringlichen Herren an sich selbst behalten. Er nahm daher die Einladung mit einigen höflichen Worten an und bestieg mit dem jungen Pütschli den Jagdwagen.

Nun war es eine weitere Fügung, dass der Schneider, nachdem er auf seinem Dorfe schon als junger Bursch dem Gutsherren zuweilen Dienste geleistet, seine Militärzeit bei den Husaren abgedient hatte und demnach genugsam mit Pferden umzugehen verstand. Wie daher sein Gefährte höflich fragte, ob er vielleicht fahren möge, ergriff er sofort Zügel und Peitsche und fuhr in schulgerechter Haltung, in raschem Trabe durch das Tor und auf der Landstraße dahin, so dass die Herren einander ansahen und flüsterten: »Es ist richtig, es ist jedenfalls ein Herr!«

In einer halben Stunde war das Gut des Amtsrates erreicht, Strapinski fuhr in einem prächtigen Halbbogen auf und ließ die feurigen Pferde aufs beste anprallen; man sprang von den Wagen, der Amtsrat kam herbei und führte die Gesellschaft ins Haus, und alsobald war auch der Tisch mit einem halben Dutzend Karaffen voll karneolfarbigen Sausers besetzt. Das heiße gärende Getränk wurde vorerst geprüft, belobt und sodann fröhlich in Angriff genommen, während der Hausherr im Hause die Kunde herumtrug, es sei ein vornehmer Graf da, ein Polacke, und eine feinere Bewirtung vorbereitete.

Mittlerweile teilte sich die Gesellschaft in zwei Partieen, um das versäumte Spiel nachzuholen, da in diesem Lande keine Männer zusammen sein konnten, ohne zu spielen, wahrscheinlich aus angeborenem Tätigkeitstriebe. Strapinski, welcher die Teilnahme aus verschiedenen Gründen ablehnen musste, wurde eingeladen zuzusehen, denn das schien ihnen immerhin der Mühe wert, da sie so viel Klugheit und Geistesgegenwart bei den Karten zu entwickeln pflegten. Er musste sich zwischen beide Partieen setzen, und sie legten es nun darauf an, geistreich und gewandt zu spielen und den Gast zu gleicher Zeit zu unterhalten. So saß er denn wie ein kränkelnder Fürst, vor welchem die Hofleute ein angenehmes Schauspiel aufführen und den Lauf der Welt darstellen. Sie erklärten ihm die bedeutendsten Wendungen, Handstreiche und Ereignisse, und wenn die eine Partei für einen Augenblick ihre Aufmerksamkeit ausschließlich dem Spiele zuwenden musste, so führte die andere dafür um so angelegentlicher die Unterhaltung mit dem Schneider. Der beste Gegenstand dünkte sie hiefür Pferde, Jagd und dergleichen; Strapinski wusste hier auch am besten Bescheid; denn er brauchte nur die Redensarten hervorzuholen, welche er einst in der Nähe von Offizieren und Gutsherren gehört und die ihm schon dazumal ausnehmend wohl gefallen hatten. Wenn er diese Redensarten auch nur sparsam, mit einer gewissen Bescheidenheit und stets mit einem schwermütigen Lächeln vorbrachte, so erreichte er damit nur eine größere Wirkung; wenn zwei oder drei von den Herren aufstanden und etwa zur Seite traten, so sagten sie: »Es ist ein vollkommener Junker!«

Nur Melcher Böhni, der Buchhalter, als ein geborener Zweifler, rieb sich vergnügt die Hände und sagte zu sich selbst: Ich sehe es kommen, dass es wieder einen Goldacher Putsch gibt, ja, er ist gewissermaßen schon da! Es war aber auch Zeit, denn schon sind's zwei Jahre seit dem letzten! Der Mann dort hat mir so wunderlich zerstochene Finger, vielleicht von Praga oder Ostrolenka her! Nun, ich werde mich hüten den Verlauf zu stören!

Die beiden Partieen waren nun zu Ende, auch das Sausergelüste der Herren gebüßt, und sie zogen nun vor, sich an den alten Weinen des Amtsrates ein wenig abzukühlen, die jetzt gebracht wurden; doch war die Abkühlung etwas leidenschaftlicher Natur, indem sofort, um nicht in schnöden Müßiggang zu verfallen, ein allgemeines Hasardspiel vorgeschlagen wurde. Man mischte die Karten, jeder warf einen Brabantertaler hin, und als die Reihe an Strapinski war, konnte er nicht wohl seinen Fingerhut auf den Tisch setzen. »Ich habe nicht ein solches Geldstück«, sagte er errötend; aber schon hatte Melcher Böhni, der ihn beobachtet, für ihn eingesetzt, ohne dass jemand darauf achtgab; denn alle waren viel zu behaglich als dass sie auf den Argwohn geraten wären, jemand in der Welt könne kein Geld haben. Im nächsten Augenblicke wurde dem Schneider, der gewonnen hatte, der ganze Einsatz zugeschoben; verwirrt ließ er das Geld liegen und Böhni besorgte für ihn das zweite Spiel, welches ein anderer gewann, sowie das dritte. Doch das vierte und fünfte gewann wiederum der Polacke, der allmählig aufwachte und sich in die Sache fand. Indem er sich still und ruhig verhielt, spielte er mit abwechselndem Glücke; einmal kam er bis auf einen Taler herunter, den er setzen musste, gewann wieder, und zuletzt, als man das Spiel satt bekam, besaß er einige Louisdors, mehr als er jemals in seinem Leben besessen, welche er, als er sah, dass jedermann sein Geld einsteckte, ebenfalls zu sich nahm, nicht ohne

Furcht, dass alles ein Traum sei. Böhni, welcher ihn fortwährend scharf betrachtete, war jetzt fast im Klaren über ihn und dachte: den Teufel fährt der in einem vierspännigen Wagen!

Weil er aber zugleich bemerkte, dass der rätselhafte Fremde keine Gier nach dem Gelde gezeigt, sich überhaupt bescheiden und nüchtern verhalten hatte, so war er nicht übel gegen ihn gesinnt, sondern beschloss, die Sache durchaus gehen zu lassen.

Aber der Graf Strapinski, als man sich vor dem Abendessen im Freien erging, nahm jetzo seine Gedanken zusammen und hielt den rechten Zeitpunkt einer geräuschlosen Beurlaubung für gekommen. Er hatte ein artiges Reisegeld und nahm sich vor, dem Wirt zur Waage von der nächsten Stadt aus sein aufgedrungenes Mittagsmahl zu bezahlen. Also schlug er seinen Radmantel malerisch um, drückte die Pelzmütze tiefer in die Augen und schritt unter einer Reihe von hohen Akazien in der Abendsonne langsam auf und nieder, das schöne Gelände betrachtend oder vielmehr den Weg erspähend, den er einschlagen wollte. Er nahm sich mit seiner bewölkten Stirne, seinem lieblichen, aber schwermütigen Mundbärtchen, seinen glänzenden schwarzen Locken, seinen dunklen Augen, im Wehen seines faltigen Mantels vortrefflich aus; der Abendschein und das Säuseln der Bäume über ihm erhöhte den Eindruck, sodass die Gesellschaft ihn von ferne mit Aufmerksamkeit und Wohlwollen betrachtete. Allmählig ging er immer etwas weiter vom Hause hinweg, schritt durch ein Gebüsch, hinter welchem ein Feldweg vorüberging, und als er sich vor den Blicken der Gesellschaft gedeckt sah, wollte er eben mit festem Schritt ins Feld rücken, als um eine Ecke herum plötzlich der Amtsrat mit seiner Tochter Nettchen ihm entgegentrat. Nettchen war ein hübsches Fräulein, äußerst prächtig, etwas stutzerhaft gekleidet und mit Schmuck reichlich verziert.

»Wir suchen Sie, Herr Graf!«, rief der Amtsrat, »damit ich Sie erstens hier meinem Kinde vorstelle und zweitens, um Sie zu bitten, dass Sie uns die Ehre erweisen möchten, einen Bissen Abendbrot mit uns zu nehmen; die anderen Herren sind bereits im Hause.«

Der Wanderer nahm schnell seine Mütze vom Kopfe und machte ehrfurchtsvolle, ja furchtsame Verbeugungen, von Rot übergossen. Denn eine neue Wendung war eingetreten, ein Fräulein beschritt den Schauplatz der Ereignisse. Doch schadete ihm seine Blödigkeit und übergroße Ehrerbietung nichts bei der Dame; im Gegenteil, die Schüchternheit, Demut und Ehrerbietung eines so vornehmen und interessanten jungen Edelmanns erschien ihr wahrhaft rührend, ja hinreißend. Da sieht man, fuhr es ihr durch den Sinn, je nobler, desto bescheidener und unverdorbener; merkt es euch, ihr Herren Wildfänge von Goldach, die ihr vor jungen Mädchen kaum mehr den Hut berührt!

Sie grüßte den Ritter daher auf das holdseligste, indem sie auch lieblich errötete, und sprach sogleich hastig und schnell und vieles mit ihm, wie es die Art behaglicher Kleinstädterinnen ist, die sich den Fremden zeigen wollen. Strapinski hingegen wandelte sich in kurzer Zeit um; während er bisher nichts getan hatte, um im Geringsten in die Rolle einzugehen, die man ihm aufbürdete, begann er nun unwillkürlich etwas gesuchter zu sprechen und mischte allerhand polnische Brocken in die Rede, kurz, das Schneiderblütchen fing in der Nähe des Frauenzimmers an, seine Sprünge zu machen und seinen Reiter davonzutragen.

Am Tisch erhielt er den Ehrenplatz neben der Tochter des Hauses; denn die Mutter war gestorben. Er wurde zwar bald wieder melancholisch, da er bedachte, nun müsse er mit den andern wieder in die Stadt zurückkehren oder gewaltsam in die Nacht hinaus entrinnen, und da er ferner überlegte, wie vergänglich das Glück sei, welches er jetzt genoss. Aber dennoch empfand er dies Glück und sagte sich zum Voraus: Ach, einmal wirst du doch in deinem Leben etwas vorgestellt und neben einem solchen höhern Wesen gesessen haben.

Es war in der Tat keine Kleinigkeit, eine Hand neben sich glänzen zu sehen, die von drei oder vier Armbändern klirrte, und bei einem flüchtigen Seitenblick jedesmal einen abenteuerlich und reizend frisierten Kopf, ein holdes Erröten, einen vollen Augenaufschlag zu sehen. Denn er mochte tun oder lassen, was er wollte, alles wurde als ungewöhnlich und nobel ausgelegt und die Ungeschicklichkeit selbst als merkwürdige Unbefangenheit liebenswürdig befunden von der jungen Dame, welche sonst stundenlang über gesellschaftliche Verstöße zu plaudern wusste. Da man guter Dinge war, sangen ein paar Gäste Lieder, die in den dreißiger Jahren Mode waren. Der Graf wurde gebeten, ein polnisches Lied zu singen. Der Wein überwand seine Schüchternheit endlich, obschon nicht seine Sorgen; er hatte einst einige Wochen im Polnischen gearbeitet und wusste einige polnische Worte, sogar ein Volksliedchen auswendig, ohne ihres Inhaltes bewusst zu sein, gleich einem Papagei. Also sang er mit edlem Wesen, mehr zaghaft als laut und mit einer Stimme, welche wie von einem geheimen Kummer leise zitterte, auf Polnisch:

Hunderttausend Schweine pferchen
Von der Desna bis zur Weichsel,
Und Kathinka, dieses Saumensch,
Geht im Schmutz bis an die Knöchel!

Hunderttausend Ochsen brüllen
Auf Wolhyniens grünen Weiden,
Und Kathinka, ja Kathinka,
Glaubt, ich sei in sie verliebt!

»Bravo! Bravo!«, riefen alle Herren, mit den Händen klatschend, und Nettchen sagte gerührt: »Ach, das Nationale ist immer so schön!« Glücklicherweise verlangte niemand die Übersetzung dieses Gesanges.

Mit dem Überschreiten solchen Höhepunktes der Unterhaltung brach die Gesellschaft auf; der Schneider wurde wieder eingepackt und sorgfältig nach Goldach zurückgebracht; vorher hatte er versprechen müssen, nicht ohne Abschied davonzureisen. Im Gasthof zur Waage wurde noch ein Glas Punsch genommen; jedoch Strapinski war erschöpft und verlangte nach dem Bette. Der Wirt selbst führte ihn auf seine Zimmer, deren Stattlichkeit er kaum mehr beachtete, obgleich er nur gewohnt war in dürftigen Herbergskammern zu schlafen. Er stand ohne alle und jede Habseligkeit mitten auf einem schönen Teppich, als der Wirt plötzlich den Mangel an Gepäck entdeckte und sich vor die Stirne schlug. Dann lief er schnell hinaus, schellte, rief Kellner und Hausknechte herbei, wortwechselte mit ihnen, kam wieder und beteuerte: Es ist richtig, Herr Graf, man hat vergessen Ihr Gepäck abzuladen! Auch das Notwendigste fehlt!

»Auch das kleine Paketchen, das im Wagen lag?«, fragte Strapinski ängstlich, weil er an ein handgroßes Bündelein dachte, welches er auf dem Sitze hatte liegen lassen und das ein Schnupftuch, eine Haarbürste, einen Kamm, ein Büchschen Pomade und einen Stengel Bartwichse enthielt.

»Auch dieses fehlt, es ist gar nichts da«, sagte der gute Wirt erschrocken, weil er darunter etwas sehr Wichtiges vermutete. »Man muss dem Kutscher sogleich einen Expressen nachschicken«, rief er eifrig, »ich werde das besorgen!«

Doch der Herr Graf fiel ihm ebenso erschrocken in den Arm und sagte bewegt: »Lassen Sie, es darf nicht sein! Man muss meine Spur verlieren für einige Zeit«, setzte er hinzu, selbst betreten über diese Erfindung.

Der Wirt ging erstaunt zu den Punsch trinkenden Gästen, erzählte ihnen den Fall und schloss mit dem Ausspruche, dass der Graf unzweifelhaft ein Opfer politischer oder der Familienverfolgung sein müsse; denn um eben diese Zeit wurden viele Polen und andere Flüchtlinge wegen gewaltsamer Unternehmungen des Landes verwiesen; andere wurden von fremden Agenten beobachtet und umgarnt.

Strapinski aber tat einen guten Schlaf, und als er spät erwachte, sah er zunächst den prächtigen Sonntagsschlafrock des Waagwirtes über einen Stuhl gehängt, ferner ein Tischchen mit allem möglichen Toilettenwerkzeug bedeckt. Sodann harrten eine Anzahl Dienstboten, um Körbe und Koffer, angefüllt mit feiner Wäsche, mit Kleidern, mit Zigarren, mit Büchern, mit Stiefeln, mit Schuhen, mit Sporen, mit Reitpeitschen, mit Pelzen, mit

Mützen, mit Hüten, mit Socken, mit Strümpfen, mit Pfeifen, mit Flöten und Geigen, abzugeben von Seiten der gestrigen Freunde, mit der angelegentlichen Bitte, sich dieser Bequemlichkeiten einstweilen bedienen zu wollen. Da sie die Vormittagsstunden unabänderlich in ihren Geschäften verbrachten, ließen sie ihre Besuche auf die Zeit nach Tisch ansagen.

Diese Leute waren nichts weniger als lächerlich oder einfältig, sondern umsichtige Geschäftsmänner, mehr schlau als vernagelt; allein da ihre wohlbesorgte Stadt klein war und es ihnen manchmal langweilig darin vorkam, waren sie stets begierig auf eine Abwechslung, ein Ereignis, einen Vorgang, dem sie sich ohne Rückhalt hingaben. Der vierspännige Wagen, das Aussteigen des Fremden, sein Mittagessen, die Aussage des Kutschers waren so einfache und natürliche Dinge, dass die Goldacher, welche keinem müßigen Argwohn nachzuhängen pflegten, ein Ereignis darauf aufbauten wie auf einen Felsen.

Als Strapinski das Warenlager sah, das sich vor ihm ausbreitete, war seine erste Bewegung, dass er in seine Tasche griff, um zu erfahren, ob er träume oder wache. Wenn sein Fingerhut dort noch in seiner Einsamkeit weilte, so träumte er. Aber nein, der Fingerhut wohnte traulich zwischen dem gewonnenen Spielgelde und scheuerte sich freundschaftlich an den Talern; so ergab sich auch sein Gebieter wiederum in das Ding und stieg von seinen Zimmern herunter auf die Straße, um sich die Stadt zu besehen, in welcher es ihm so wohl erging. Unter der Küchentüre stand die Köchin, welche ihm einen tiefen Knicks machte und ihm mit neuem Wohlgefallen nachsah; auf dem Flur und an der Haustüre standen andere Hausgeister, alle mit der Mütze in der Hand, und Strapinski schritt mit gutem Anstand und doch bescheiden hinaus, seinen Mantel sittsam zusammennehmend. Das Schicksal machte ihn mit jeder Minute größer.

Mit ganz anderer Miene besah er sich die Stadt, als wenn er um Arbeit darin ausgegangen wäre. Dieselbe bestand größtenteils aus schönen, festgebauten Häusern, welche alle mit steinernen oder gemalten Sinnbildern geziert und mit einem Namen versehen waren. In diesen Benennungen war die Sitte der Jahrhunderte deutlich zu erkennen. Das Mittelalter spiegelte sich ab in den ältesten Häusern oder in den Neubauten, welche an deren Stelle getreten, aber den alten Namen behalten aus der Zeit der kriegerischen Schultheiße und der Märchen. Da hieß es: Zum Schwert, Zum Eisenhut, Zum Harnisch, Zur Armbrust, Zum blauen Schild, Zum Schweizerdegen, Zum Ritter, Zum Büchsenstein, Zum Türken, Zum Meerwunder, Zum goldnen Drachen, Zur Linde, Zum Pilgerstab, Zur Wasserfrau, Zum Paradiesvogel, Zum Granatbaum, Zum Kämbel, Zum Einhorn und dergleichen. Die Zeit der Aufklärung und der Philanthropie war deutlich zu lesen in den moralischen Begriffen, welche in schönen Goldbuchstaben über den Haustüren erglänzten, wie: Zur Eintracht, Zur Redlichkeit, Zur Alten Unabhängigkeit, Zur Neuen Unabhängigkeit, Zur Bürgertugend a, Zur Bürgertugend b, Zum Vertrauen, Zur Liebe, Zur Hoffnung, Zum Wiedersehen 1 und 2, Zum Frohsinn, Zur Inneren Rechtlichkeit, Zur Äußeren Rechtlichkeit, Zum Landeswohl (ein reinliches Häuschen, in welchem hinter einem Kanarienkäficht, ganz mit Kresse behängt, eine freundliche alte Frau saß mit einer weißen Zipfelhaube und Garn haspelte), Zur Verfassung (unten hauste ein Bötticher, welcher eifrig und mit großem Geräusch kleine Eimer und Fässchen mit Reifen einfasste und unablässig klopfte); ein Haus hieß schauerlich: Zum Tod! ein verwaschenes Gerippe erstreckte sich von unten bis oben zwischen den Fenstern; hier wohnte der Friedensrichter. Im Hause Zur Geduld wohnte der Schuldenschreiber, ein ausgehungertes Jammerbild, da in dieser Stadt keiner dem andern etwas schuldig blieb.

Endlich verkündete sich an den neuesten Häusern die Poesie der Fabrikanten, Bankiere und Spediteure und ihrer Nachahmer in den wohlklingenden Namen: Rosental, Morgental, Sonnenberg, Veilchenburg, Jugendgarten, Freudenberg, Henriettental, Zur Camelia, Wilhelminenburg usw. Die an Frauennamen gehängten Täler und Burgen bedeuteten für den Kundigen immer ein schönes Weibergut.

An jeder Straßenecke stand ein alter Turm mit reichem Uhrwerk, buntem Dach und zierlich vergoldeter Windfahne. Diese Türme waren sorgfältig erhalten; denn die Goldacher erfreuten sich der Vergangenheit und der Gegenwart und taten auch recht daran. Die ganze Herrlichkeit war aber von der alten Ringmauer eingefasst, welche, obwohl nichts mehr nütze, dennoch zum Schmucke beibehalten wurde, da sie ganz mit dichtem altem Efeu überwachsen war und so die kleine Stadt mit einem immergrünen Kranze umschloss.

Alles dieses machte einen wunderbaren Eindruck auf Strapinski; er glaubte sich in einer anderen Welt zu befinden. Denn als er die Aufschriften der Häuser las, dergleichen er noch nicht gesehen, war er der Meinung, sie bezögen sich auf die besondern Geheimnisse und Lebensweisen jedes Hauses und es sähe hinter jeder Haustüre wirklich so aus, wie die Überschrift angab, sodass er in eine Art moralisches Utopien hineingeraten wäre. So war er geneigt zu glauben, die wunderliche Aufnahme, welche er gefunden, hänge hiemit im Zusammenhang, sodass z. B. das Sinnbild der Waage, in welcher er wohnte, bedeute, dass dort das ungleiche Schicksal abgewogen und ausgeglichen und zuweilen ein reisender Schneider zum Grafen gemacht würde.

Er geriet auf seiner Wanderung auch vor das Tor, und wie er nun so über das freie Feld hinblickte, meldete sich zum letzten Male der pflichtgemäße Gedanke, seinen Weg unverweilt fortzusetzen. Die Sonne schien, die Straße war schön, fest, nicht zu trocken und auch nicht zu nass, zum Wandern wie gemacht. Reisegeld hatte er nun auch, so dass er angenehm einkehren konnte, wo er Lust dazu verspürte, und kein Hindernis war zu erspähen.

Da stand er nun, gleich dem Jüngling am Scheidewege, auf einer wirklichen Kreuzstraße; aus dem Lindenkranze, welcher die Stadt umgab, stiegen gastliche Rauchsäulen, die goldenen Turmknöpfe funkelten lockend aus den Baumwipfeln, Glück, Genuss und Verschuldung, ein geheimnisvolles Schicksal winkten dort; von der Feldseite her aber glänzte die freie Ferne; Arbeit, Entbehrung, Armut, Dunkelheit harrten dort, aber auch ein gutes Gewissen und ein ruhiger Wandel; dieses fühlend, wollte er denn auch entschlossen ins Feld abschwenken. Im gleichen Augenblicke rollte ein rasches Fuhrwerk heran; es war das Fräulein von gestern, welches mit wehendem blauem Schleier ganz allein in einem schmucken leichten Fuhrwerke saß, ein schönes Pferd regierte und nach der Stadt fuhr. Sobald Strapinski nur an seine Mütze griff und dieselbe demütig vor seine Brust nahm in seiner Überraschung, verbeugte sich das Mädchen rasch errötend gegen ihn, aber überaus freundlich, und fuhr in großer Bewegung, das Pferd zum Galopp antreibend, davon.

Strapinski aber machte unwillkürlich ganze Wendung und kehrte getrost nach der Stadt zurück. Noch an demselben Tage galoppierte er auf dem besten Pferde der Stadt, an der Spitze einer ganzen Reitergesellschaft, durch die Allee, welche um die grüne Ringmauer führte, und die fallenden Blätter der Linden tanzten wie ein goldener Regen um sein verklärtes Haupt.

Nun war der Geist in ihn gefahren. Mit jedem Tage wandelte er sich, gleich einem Regenbogen, der zusehends bunter wird an der vorbrechenden Sonne. Er lernte in Stunden, in Augenblicken, was andere nicht in Jahren, da es in ihm gesteckt hatte, wie das Farbenwesen im Regentropfen. Er beachtete wohl die Sitten seiner Gastfreunde und bildete sie während des Beobachtens zu einem Neuen und Fremdartigen um; besonders suchte er abzulauschen, was sie sich eigentlich unter ihm dächten und was für ein Bild sie sich von ihm gemacht. Dies Bild arbeitete er weiter aus nach seinem eigenen Geschmacke, zur vergnüglichen Unterhaltung der einen, welche gern etwas Neues sehen wollten, und zur Bewunderung der anderen, besonders der Frauen, welche nach erbaulicher Anregung dürsteten. So ward er rasch zum Helden eines artigen Romanes, an welchem er gemeinsam mit der Stadt und liebevoll arbeitete, dessen Hauptbestandteil aber immer noch das Geheimnis war.

Bei alldem erlebte Strapinski, was er in seiner Dunkelheit früher nie gekannt, eine schlaflose Nacht um die andere, und es ist mit

Tadel hervorzuheben, dass es ebenso viel die Furcht vor der Schande, als armer Schneider entdeckt zu werden und dazustehen, als das ehrliche Gewissen war, was ihm den Schlaf raubte. Sein angeborenes Bedürfnis, etwas Zierliches und Außergewöhnliches vorzustellen, wenn auch nur in der Wahl der Kleider, hatte ihn in diesen Konflikt geführt und brachte jetzt auch jene Furcht hervor, und sein Gewissen war nur insoweit mächtig, dass er beständig den Vorsatz nährte, bei guter Gelegenheit einen Grund zur Abreise zu finden und dann durch Lotteriespiel und dergleichen die Mittel zu gewinnen, aus geheimnisvoller Ferne alles zu vergüten, um was er die gastfreundlichen Goldacher gebracht hatte. Er ließ sich auch schon aus allen Städten, wo es Lotterien oder Agenten derselben gab, Lose kommen mit mehr oder weniger bescheidenem Einsatze, und die daraus entstehende Korrespondenz, der Empfang der Briefe, wurde wiederum als ein Zeichen wichtiger Beziehungen und Verhältnisse vermerkt.

Schon hatte er mehr als ein Mal ein paar Gulden gewonnen und dieselben sofort wieder zum Erwerb neuer Lose verwendet, als er eines Tages von einem fremden Kollekteur, der sich aber Bankier nannte, eine namhafte Summe empfing, welche hinreichte, jenen Rettungsgedanken auszuführen. Er war bereits nicht mehr erstaunt über sein Glück, das sich von selbst zu verstehen schien, fühlte sich aber doch erleichtert und besonders dem guten Waagwirt gegenüber beruhigt, welchen er seines guten Essens wegen sehr wohl leiden mochte. Anstatt aber kurz abzubinden, seine Schulden gradaus zu bezahlen und abzureisen, gedachte er, wie er sich vorgenommen, eine kurze Geschäftsreise vorzugeben, dann aber von irgendeiner großen Stadt aus zu melden, dass das unerbittliche Schicksal ihm verbiete je wiederzukehren; dabei wolle er seinen Verbindlichkeiten nachkommen, ein gutes Andenken hinterlassen und seinem Schneiderberufe sich aufs neue und mit mehr Umsicht und Glück widmen oder auch sonst einen anständigen Lebensweg erspähen. Am liebsten wäre er freilich auch als Schneidermeister in

Goldach geblieben und hätte jetzt die Mittel gehabt, sich da ein bescheidenes Auskommen zu begründen; allein es war klar, dass er hier nur als Graf leben konnte.

Wegen des sichtlichen Vorzuges und Wohlgefallens, dessen er sich bei jeder Gelegenheit von Seite des schönen Nettchens zu erfreuen hatte, waren schon manche Redensarten im Umlauf, und er hatte sogar bemerkt, dass das Fräulein hin und wieder die Gräfin genannt wurde. Wie konnte er diesem Wesen nun eine solche Entwicklung bereiten? Wie konnte er das Schicksal, das ihn gewaltsam so erhöht hatte, so frevelhaft Lügen strafen und sich selbst beschämen?

Er hatte von seinem Lotteriemann, genannt Bankier, einen Wechsel bekommen, welchen er bei einem Goldacher Haus einkassierte; diese Verrichtung bestärkte abermals die günstigen Meinungen über seine Person und Verhältnisse, da die soliden Handelsleute nicht im Entferntesten an einen Lotterieverkehr dachten. An demselben Tage nun begab sich Strapinski auf einen stattlichen Ball, zu dem er geladen war. In tiefes, einfaches Schwarz gekleidet erschien er und verkündete sogleich den ihn Begrüßenden, dass er genötigt sei zu verreisen.

In zehn Minuten war die Nachricht der ganzen Versammlung bekannt, und Nettchen, deren Anblick Strapinski suchte, schien, wie erstarrt, seinen Blicken auszuweichen, bald rot, bald blass werdend. Dann tanzte sie mehrmals hintereinander mit jungen Herren, setzte sich zerstreut und schnell atmend und schlug eine Einladung des Polen, der endlich herangetreten war, mit einer kurzen Verbeugung aus, ohne ihn anzusehen.

Seltsam aufgeregt und bekümmert ging er hinweg, nahm seinen famosen Mantel um und schritt mit wehenden Locken in einem Gartenwege auf und nieder. Es wurde ihm nun klar, dass er eigentlich nur dieses Wesens halber so lange dageblieben sei, dass die unbestimmte Hoffnung, doch wieder in ihre Nähe zu kommen, ihn unbewusst belebte, dass aber der ganze Handel eben eine Unmöglichkeit darstelle von der verzweifeltsten Art.

Wie er so dahin schritt, hörte er rasche Tritte hinter sich, leichte, doch unruhig bewegte. Nettchen ging an ihm vorüber und schien, nach einigen ausgerufenen Worten zu urteilen, nach ihrem Wagen zu suchen, obgleich derselbe auf der anderen Seite des Hauses stand und hier nur Winterkohlköpfe und eingewickelte Rosenbäumchen den Schlaf der Gerechten verträumten. Dann kam sie wieder zurück, und da er jetzt mit klopfendem Herzen ihr im Wege stand und bittend die Hände nach ihr ausstreckte, fiel sie ihm ohne weiteres um den Hals und fing jämmerlich an zu weinen. Er bedeckte ihre glühenden Wangen mit seinen fein duftenden dunklen Locken und sein Mantel umschlug die schlanke, stolze, schneeweiße Gestalt des Mädchens wie mit schwarzen Adlerflügeln; es war ein wahrhaft schönes Bild, das seine Berechtigung ganz allein in sich selbst zu tragen schien.

Strapinski aber verlor in diesem Abenteuer seinen Verstand und gewann das Glück, das öfter den Unverständigen hold ist. Nettchen eröffnete ihrem Vater noch in selbiger Nacht beim Nachhausefahren, dass kein anderer als der Graf der Ihrige sein werde; dieser erschien am Morgen in aller Frühe, um bei dem Vater liebenswürdig schüchtern und melancholisch, wie immer, um sie zu werben, und der Vater hielt folgende Rede:

»So hat sich denn das Schicksal und der Wille dieses törichten Mädchens erfüllt! Schon als Schulkind behauptete sie fortwährend, nur einen Italiener oder einen Polen, einen großen Pianisten oder einen Räuberhauptmann mit schönen Locken heiraten zu wollen, und nun haben wir die Bescherung! Alle inländischen wohlmeinenden Anträge hat sie ausgeschlagen, noch neulich musste ich den gescheiten und tüchtigen Melchior Böhni heimschicken, der noch große Geschäfte machen wird, und sie hat ihn noch schrecklich verhöhnt, weil er nur ein rötliches Backenbärtchen trägt und aus einem silbernen Döschen schnupft! Nun, Gott sei Dank, ist ein polnischer Graf da aus wildester Ferne! Nehmen Sie die Gans, Herr Graf, und schicken Sie mir dieselbe wieder, wenn sie in Ihrer Polackei friert und einst unglücklich wird und heult! Nun, was würde die selige Mutter für ein Entzücken genießen, wenn sie noch erlebt hätte, dass das verzogene Kind eine Gräfin geworden ist!«

Nun gab es große Bewegung; in wenig Tagen sollte rasch die Verlobung gefeiert werden, denn der Amtsrat behauptete, dass der künftige Schwiegersohn sich in seinen Geschäften und vorhabenden Reisen nicht durch Heiratssachen dürfe aufhalten lassen, sondern diese durch die Beförderung jener beschleunigen müsse.

Strapinski brachte zur Verlobung Brautgeschenke, welche ihn die Hälfte seines zeitlichen Vermögens kosteten; die andere Hälfte verwandte er zu einem Feste, das er seiner Braut geben wollte. Es war eben Fastnachtszeit und bei hellem Himmel ein verspätetes glänzendes Winterwetter. Die Landstraßen boten die prächtigste Schlittenbahn, wie sie nur selten entsteht und sich hält, und Herr von Strapinski veranstaltete darum eine Schlittenfahrt und einen Ball in dem für solche Feste beliebten stattlichen Gasthause, welches auf einer Hochebene mit der schönsten Aussicht gelegen war, etwa zwei gute Stunden entfernt und genau in der Mitte zwischen Goldach und Seldwyla.

Um diese Zeit geschah es, dass Herr Melchior Böhni in der letzteren Stadt Geschäfte zu besorgen hatte und daher einige Tage vor dem Winterfest in einem leichten Schlitten dahin fuhr, seine beste Zigarre rauchend; und es geschah ferner, dass die Seldwyler auf den gleichen Tag wie die Goldacher auch eine Schlittenfahrt verabredeten, nach dem gleichen Orte, und zwar eine kostümierte oder Maskenfahrt.

So fuhr denn der Goldacher Schlittenzug gegen die Mittagsstunde unter Schellenklang, Posthorntönen und Peitschenknall durch die Straßen der Stadt, dass die Sinnbilder der alten Häuser erstaunt herniedersahen, und zum Tore hinaus. Im ersten Schlitten saß Strapinski mit seiner Braut, in einem polnischen Überrock von grünem Sammet, mit Schnüren besetzt und schwer mit Pelz verbrämt und gefüttert. Nettchen war ganz in weißes Pelzwerk gehüllt; blaue Schleier schützten ihr Gesicht gegen die frische Luft und gegen den Schneeglanz. Der Amtsrat war durch irgendein plötzliches Ereignis verhindert worden mitzufahren; doch war es sein Gespann und sein Schlitten, in welchem sie fuhren, ein vergoldetes Frauenbild als Schlittenzierat vor sich, die Fortuna vorstellend; denn die Stadtwohnung des Amtsrates hieß Zur Fortuna.

Ihnen folgten fünfzehn bis sechzehn Gefährte mit je einem Herren und einer Dame, alle geputzt und lebensfroh, aber keines der Paare so schön und stattlich wie das Brautpaar. Die Schlitten trugen, wie die Meerschiffe ihre Galions, immer das Sinnbild des Hauses, dem jeder angehörte, so dass das Volk rief: »Seht, da kommt die Tapferkeit! Wie schön ist die Tüchtigkeit! Die Verbesserlichkeit scheint neu lackiert zu sein und die Sparsamkeit frisch vergoldet! Ah, der Jakobsbrunnen und der Teich Bethesda!« Im Teiche Bethesda, welcher als bescheidener Einspänner den Zug schloss, kutschierte Melchior Böhni still und vergnügt. Als Galion seines Fahrzeugs hatte er das Bild jenes jüdischen Männchens vor sich, welcher an besagtem Teiche dreißig Jahre auf sein Heil gewartet. So segelte denn das Geschwader im Sonnenscheine dahin und erschien bald auf der weithin schimmernden Höhe, dem Ziele sich nahend. Da ertönte gleichzeitig von der entgegengesetzten Seite lustige Musik.

Aus einem duftig bereiften Walde heraus brach ein Wirrwarr von bunten Farben und Gestalten und entwickelte sich zu einem Schlittenzug, welcher hoch am weißen Feldrande sich auf den blauen Himmel zeichnete und ebenfalls nach der Mitte der Gegend hinglitt, von abenteuerlichem Anblick. Es schienen meistens große bäuerliche Lastschlitten zu sein, je zwei zusammengebunden, um absonderlichen Gebilden und Schaustellungen zur Unterlage zu dienen. Auf dem vordersten Fuhrwerke ragte eine kolossale Figur empor, die Göttin Fortuna vorstellend, welche in den Äther hinauszufliegen schien. Es war eine riesenhafte Strohpuppe voll schimmernden Flittergoldes, deren Gazegewänder in der Luft flatterten. Auf dem zweiten Gefährte aber fuhr ein ebenso riesenmäßiger Ziegenbock einher, schwarz und düster abstechend und mit gesenkten Hörnern der Fortuna nachjagend. Hierauf folgte ein seltsames Gerüste, welches sich als ein fünfzehn Schuh hohes Bügeleisen darstellte, dann eine gewaltig schnappende Schere, welche mittelst einer Schnur auf- und zugeklappt wurde und das Himmelszelt für einen blauseidenen Westenstoff anzusehen schien. Andere solche landläufige Anspielungen auf das Schneiderwesen folgten noch, und zu Füßen aller dieser Gebilde saß auf den geräumigen, je von vier Pferden gezogenen Schlitten die Seldwyler Gesellschaft in buntester Tracht, mit lautem Gelächter und Gesang.

Als beide Züge gleichzeitig auf dem Platze vor dem Gasthause auffuhren, gab es demnach einen geräuschvollen Auftritt und ein großes Gedränge von Menschen und Pferden. Die Herrschaften von Goldach waren überrascht und erstaunt über die abenteuerliche Begegnung; die Seldwyler dagegen stellten sich vorerst gemütlich und freundschaftlich bescheiden. Ihr vorderster Schlitten mit der Fortuna trug die Inschrift: »Leute machen Kleider«, und so ergab es sich denn, dass die ganze Gesellschaft lauter Schneidersleute von allen Nationen und aus allen Zeitaltern darstellte. Es war gewissermaßen ein historisch-ethnographischer Schneiderfestzug, welcher mit der umgekehrten und ergänzenden Inschrift abschloss: »Kleider machen Leute!« In dem letzten Schlitten mit dieser Überschrift saßen nämlich, als das Werk der vorausgefahrenen heidnischen und christlichen Nahtbeflissenen aller Art, ehrwürdige Kaiser und Könige, Ratsherren und Stabsoffiziere, Prälaten und Stiftsdamen in höchster Gravität.

Diese Schneiderwelt wusste sich gewandt aus dem Wirrwarr zu ordnen und ließ die Goldacher Herren und Damen, das Brautpaar an deren Spitze, bescheiden ins Haus spazieren, um nachher die unteren Räume desselben, welche für sie bestellt waren, zu besetzen, während jene die breite Treppe empor nach dem großen Festsaale rauschten. Die Gesellschaft des Herren Grafen fand dies Benehmen schicklich und ihre Überraschung verwandelte sich in Heiterkeit und beifälliges Lächeln über die unverwüstliche Laune der Seldwyler; nur der Graf selbst hegte gar dunkle Empfindungen, die ihm nicht behagten, obgleich er in der jetzigen Voreingenommenheit seiner Seele keinen bestimmten Argwohn verspürte und nicht einmal bemerkt hatte, woher die Leute gekommen waren. Melchior Böhni, der seinen Teich Bethesda sorglich bei Seite gebracht hatte und sich aufmerksam in der Nähe Strapinskis befand, nannte laut, dass dieser es hören konnte, eine ganz andere Ortschaft als den Ursprungsort des Maskenzuges.

Bald saßen beide Gesellschaften, jegliche auf ihrem Stockwerke, an den gedeckten Tafeln und gaben sich fröhlichen Gesprächen und Scherzreden hin, in Erwartung weiterer Freuden.

Die kündigten sich denn auch für die Goldacher an, als sie paarweise in den Tanzsaal hinüberschritten und dort die Musiker schon ihre Geigen stimmten. Wie nun aber alles im Kreise stand und sich zum Reihen ordnen wollte, erschien eine Gesandtschaft der Seldwyler, welche das freundnachbarliche Gesuch und Anerbieten vortrug, den Herren und Frauen von Goldach einen Besuch abstatten zu dürfen und ihnen zum Ergötzen einen Schautanz aufzuführen. Dieses Anerbieten konnte nicht wohl zurückgewiesen werden; auch versprach man sich von den lustigen Seldwylern einen tüchtigen Spaß und setzte sich daher nach der Anordnung der besagten Gesandtschaft in einem großen Halbring, in dessen Mitte Strapinski und Nettchen glänzten gleich fürstlichen Sternen.

Nun traten allmählig jene besagten Schneidergruppen nacheinander ein. Jede führte in zierlichem Gebärdenspiel den Satz »Leute machen Kleider« und dessen Umkehrung durch, indem sie erst mit Emsigkeit irgend ein stattliches Kleidungsstück, einen Fürstenmantel, Priestertalar und dergleichen anzufertigen schien und sodann eine dürftige Person damit bekleidete, welche, urplötzlich umgewandelt, sich in höchstem Ansehen aufrichtete und nach dem Takte der Musik feierlich einherging. Auch die Tierfabel wurde in diesem Sinne in Szene gesetzt, da eine gewaltige Krähe erschien, die sich mit Pfauenfedern schmückte und quakend umherhupfte, ein Wolf, der sich einen Schafspelz zurechtschneiderte, schließlich ein Esel, der eine furchtbare Löwenhaut von Werg trug und sich heroisch damit drapierte wie mit einem Carbonarimantel.

Alle, die so erschienen, traten nach vollbrachter Darstellung zurück und machten allmählig so den Halbkreis der Goldacher zu einem weiten Ring von Zuschauern, dessen innerer Raum endlich leer ward. In diesem Augenblicke ging die Musik in eine wehmütig ernste Weise über und zugleich beschritt eine letzte Erscheinung den Kreis, dessen Augen sämtlich auf sie gerichtet waren. Es war ein schlanker junger Mann in dunklem Mantel, dunklen schönen Haaren und mit einer polnischen Mütze; es war niemand anders als der Graf Strapinski, wie er an jenem Novembertage auf der Straße gewandert und den verhängnisvollen Wagen bestiegen hatte.

Die ganze Versammlung blickte lautlos gespannt auf die Gestalt, welche feierlich schwermütig einige Gänge nach dem Takte der Musik umhertrat, dann in die Mitte des Ringes sich begab, den Mantel auf den Boden breitete, sich schneidermäßig darauf niedersetzte und anfing ein Bündel auszupacken. Er zog einen beinahe fertigen Grafenrock hervor, ganz wie ihn Strapinski in diesem Augenblicke trug, nähete mit großer Hast und Geschicklichkeit Troddeln und Schnüre darauf und bügelte ihn schulgerecht aus, indem er das scheinbar heiße Bügeleisen mit nassen Fingern prüfte. Dann richtete er sich langsam auf, zog seinen fadenscheinigen Rock aus und das Prachtkleid an, nahm ein Spiegelchen, kämmte sich und vollendete seinen Anzug, dass er endlich als das leibhafte Ebenbild des Grafen dastand. Unversehens ging die Musik in eine rasche mutige Weise über, der Mann wickelte seine Siebensachen in den alten Mantel und warf das Pack weit über die Köpfe der Anwesenden hinweg in die Tiefe des Saales, als wollte er sich ewig von seiner Vergangenheit trennen. Hierauf beging er als stolzer Weltmann in stattlichen Tanzschritten den Kreis, hie und da sich vor den Anwesenden huldreich verbeugend, bis er vor das Brautpaar gelangte. Plötzlich fasste er den Polen, ungeheuer überrascht, fest ins Auge, stand als eine Säule vor ihm still, während gleichzeitig wie auf

Verabredung die Musik aufhörte und eine fürchterliche Stille wie ein stummer Blitz einfiel.

»Ei ei ei ei!«, rief er mit weithin vernehmlicher Stimme und reckte den Arm gegen den Unglücklichen aus, »sieh da den Bruder Schlesier, den Wasserpolacken! Der mir aus der Arbeit gelaufen ist, weil er wegen einer kleinen Geschäftsschwankung glaubte, es sei zu Ende mit mir. Nun es freut mich, dass es Ihnen so lustig geht und Sie hier so fröhliche Fastnacht halten! Stehen Sie in Arbeit zu Goldach?«

Zugleich gab er dem bleich und lächelnd dasitzenden Grafensohn die Hand, welche dieser willenlos ergriff wie eine feurige Eisenstange, während der Doppelgänger rief: »Kommt, Freunde, seht hier unsern sanften Schneidergesellen, der wie ein Raphael aussieht und unsern Dienstmägden, auch der Pfarrerstochter so wohl gefiel, die freilich ein bisschen übergeschnappt ist!«

Nun kamen die Seldwyler Leute alle herbei und drängten sich um Strapinski und seinen ehemaligen Meister, indem sie Ersterm treuherzig die Hand schüttelten, dass er auf seinem Stuhle schwankte und zitterte. Gleichzeitig setzte die Musik wieder ein mit einem lebhaften Marsch; die Seldwyler, sowie sie an dem Brautpaar vorüber waren, ordneten sich zum Abzuge und marschierten unter Absingung eines wohleinstudierten diabolischen Lachchors aus dem Saale, während die Goldacher, unter welchen Böhni die Erklärung des Mirakels blitzschnell zu verbreiten gewusst hatte, durcheinander liefen und sich mit den Seldwylern kreuzten, sodass es einen großen Tumult gab.

Als dieser sich endlich legte, war auch der Saal beinahe leer; wenige Leute standen an den Wänden und flüsterten verlegen untereinander; ein paar junge Damen hielten sich in einiger Entfernung von Nettchen, unschlüssig, ob sie sich derselben nähern sollten oder nicht.

Das Paar aber saß unbeweglich auf seinen Stühlen gleich einem steinernen ägyptischen Königspaar, ganz still und einsam; man glaubte den unabsehbaren glühenden Wüstensand zu fühlen.

Nettchen, weiß wie ein Marmor, wendete das Gesicht langsam nach ihrem Bräutigam und sah ihn seltsam von der Seite an.

Da stand er langsam auf und ging mit schweren Schritten hinweg, die Augen auf den Boden gerichtet, während große Tränen aus denselben fielen.

Er ging durch die Goldacher und Seldwyler, welche die Treppen bedeckten, hindurch, wie ein Toter, der sich gespenstisch von einem Jahrmarkt stiehlt, und sie ließen ihn seltsamerweise auch wie einen solchen passieren, indem sie ihm still auswichen, ohne zu lachen oder harte Worte nachzurufen. Er ging auch zwischen den zur Abfahrt gerüsteten Schlitten und Pferden von Goldach hindurch, indessen die Seldwyler sich in ihrem Quartiere erst noch recht belustigten, und er wandelte halb unbewusst, nur in der Meinung, nicht mehr nach Goldach zurückzukommen, dieselbe Straße gegen Seldwyla hin, auf welcher er vor einigen Monaten hergewandert war. Bald verschwand er in der Dunkelheit des Waldes, durch welchen sich die Straße zog. Er war barhäuptig, denn seine Polenmütze war im Fenstersimse des Tanzsaales liegen geblieben nebst den Handschuhen, und so schritt er denn gesenkten Hauptes und die frierenden Hände unter die gekreuzten Arme bergend vorwärts, während seine Gedanken sich allmählig sammelten und zu einigem Erkennen gelangten. Das erste deutliche Gefühl, dessen er inne wurde, war dasjenige einer ungeheuren Schande, gleich wie wenn er ein wirklicher Mann von Rang und Ansehen gewesen und nun infam geworden wäre durch Hereinbrechen irgendeines verhängnisvollen Unglückes. Dann löste sich dieses Gefühl aber auf in eine Art Bewusstsein erlittenen Unrechtes; er hatte sich bis zu seinem glorreichen Einzug in die verwünschte Stadt nie ein Vergehen zu Schulden kommen lassen; soweit seine Gedanken in die Kindheit zurückreichten, war ihm nicht erinnerlich, dass er je wegen einer Lüge oder einer Täuschung gestraft oder gescholten worden wäre, und nun war er ein Betrüger geworden dadurch, dass die Torheit der Welt ihn in einem unbewachten und sozusagen wehrlosen Augenblicke überfallen und ihn zu ihrem Spielgesellen gemacht hatte. Er kam sich wie ein Kind vor, welches ein anderes boshaftes Kind überredet hat, von einem Altare den Kelch zu stehlen; er hasste und verachtete sich jetzt, aber er weinte auch über sich und seine unglückliche Verirrung.

Wenn ein Fürst Land und Leute nimmt; wenn ein Priester die Lehre seiner Kirche ohne Überzeugung verkündet, aber die Güter seiner Pfründe mit Würde verzehrt; wenn ein dünkelvoller Lehrer die Ehren und Vorteile eines hohen Lehramtes inne hat und genießt, ohne von der Höhe seiner Wissenschaft den mindesten Begriff zu haben und derselben auch nur den kleinsten Vorschub zu leisten; wenn ein Künstler ohne Tugend, mit leichtfertigem Tun und leerer Gaukelei sich in Mode bringt und Brot und Ruhm der wahren Arbeit vorwegstiehlt; oder wenn ein Schwindler, der einen großen Kaufmannsnamen geerbt oder erschlichen hat, durch seine Torheiten und Gewissenlosigkeiten Tausende um ihre Ersparnisse und Notpfennige bringt, so weinen alle diese nicht über sich, sondern erfreuen sich ihres Wohlseins und bleiben nicht einen Abend ohne aufheiternde Gesellschaft und gute Freunde.

Unser Schneider aber weinte bitterlich über sich, das heißt, er fing solches plötzlich an, als nun seine Gedanken an der schweren Kette, an der sie hingen, unversehens zu der verlassenen Braut zurückkehrten und sich aus Scham vor der Unsichtbaren zur Erde krümmten. Das Unglück und die Erniedrigung zeigten ihm mit einem hellen Strahle das verlorene Glück und machten aus dem unklar verliebten Irrgänger einen verstoßenen Liebenden. Er streckte die Arme gegen die kalt glänzenden Sterne empor und taumelte mehr als er ging auf seiner Straße dahin, stand wieder still und schüttelte den Kopf, als plötzlich ein roter Schein den Schnee um ihn her erreichte und zugleich Schellenklang und Gelächter ertönte. Es waren die Seldwyler, welche mit Fackeln nach Hause fuhren. Schon näherten sich ihm die ersten Pferde mit ihren Nasen; da raffte er sich auf, tat einen gewaltigen Sprung über den Straßenrand und duckte sich unter die vordersten Stämme des Waldes. Der tolle Zug fuhr vorbei und verhallte endlich in der dunklen Ferne, ohne dass der Flüchtling bemerkt worden war; dieser aber, nachdem er eine gute Weile reglos gelauscht hatte, von der Kälte wie von den erst genossenen feurigen Getränken und seiner gramvollen Dummheit übermannt, streckte unvermerkt seine Glieder aus und schlief ein auf dem knisternden Schnee, während ein eiskalter Hauch von Osten heranzuwehen begann.

Inzwischen erhob auch Nettchen sich von ihrem einsamen Sitze. Sie hatte dem abziehenden Geliebten gewissermaßen aufmerksam nachgeschaut, saß länger als eine Stunde unbeweglich da und stand dann auf, indem sie bitterlich zu weinen begann und ratlos nach der Türe ging. Zwei Freundinnen gesellten sich nun zu ihr mit zweifelhaft tröstenden Worten; sie bat dieselben, ihr Mantel, Tücher, Hut und dergleichen zu verschaffen, in welche Dinge sie sich sodann stumm verhüllte, die Augen mit dem Schleier heftig trocknend. Da man aber, wenn man weint, fast immer zugleich auch die Nase schneuzen muss, so sah sie sich doch genötigt das Taschentuch zu nehmen und tat einen tüchtigen Schneuz, worauf sie stolz und zornig um sich blickte. In dieses Blicken hinein geriet Melchior Böhni, der sich ihr freundlich, demütig und lächelnd näherte und ihr die Notwendigkeit darstellte, nunmehr einen Führer und Begleiter nach dem väterlichen Hause zurück zu haben. Den Teich Bethesda, sagte er, werde er hier im Gasthause zurücklassen und dafür die Fortuna mit der verehrten Unglücklichen sicher nach Goldach hin geleiten.

Ohne zu antworten, ging sie festen Schrittes voran nach dem Hofe, wo der Schlitten mit den ungeduldigen wohlgefütterten Pferden bereitstand, einer der letzten, welche dort waren. Sie nahm rasch darin Platz, ergriff das Leitseil und die Peitsche, und während der achtlose Böhni, mit glücklicher Geschäftigkeit sich gebärdend, dem Stallknechte, der die Pferde gehalten, das Trinkgeld hervorsuchte, trieb sie unversehens die Pferde an und fuhr auf die Landstraße hinaus in starken Sätzen, welche sich bald in einen anhaltenden muntern Galopp verwandelten. Und zwar ging es nicht nach der Heimat, sondern auf der Seldwyler Straße hin. Erst als das leichtbeschwingte Fahrzeug schon dem Blick entschwunden war, entdeckte Herr Böhni das Ereignis und lief in der Richtung gegen Goldach mit Hoho! und Haltrufen, sprang dann zurück und jagte mit seinem eigenen Schlitten der entflohenen oder nach seiner Meinung durch die Pferde entführten Schönen nach, bis er am Tore der aufgeregten Stadt anlangte, in welcher das Ärgernis bereits alle Zungen beschäftigte.

Warum Nettchen jenen Weg eingeschlagen, ob in der Verwirrung oder mit Vorsatz, ist nicht sicher zu berichten. Zwei Umstände mögen hier ein leises Licht gewähren. Einmal lagen sonderbarerweise die Pelzmütze und die Handschuhe Strapinskis, welche auf dem Fenstersimse hinter dem Sitze des Paares gelegen hatten, nun im Schlitten der Fortuna neben Nettchen; wann und wie sie diese Gegenstände ergriffen, hatte niemand beachtet und sie selbst wusste es nicht; es war wie im Schlafwandel geschehen. Sie wusste jetzt noch nicht, dass Mütze und Handschuhe neben ihr lagen. Sodann sagte sie mehr als ein Mal laut vor sich hin: Ich muss noch zwei Worte mit ihm sprechen, nur zwei Worte!

Diese beiden Tatsachen scheinen zu beweisen, dass nicht ganz der Zufall die feurigen Pferde lenkte. Auch war es seltsam, als die Fortuna in die Waldstraße gelangte, in welche jetzt der helle Vollmond hineinschien, wie Nettchen den Lauf der Pferde mäßigte und die Zügel fester anzog, sodass dieselben beinah nur im Schritt einhertanzten, während die Lenkerin die traurigen, aber dennoch scharfen Augen gespannt auf den Weg heftete, ohne links und rechts den geringsten auffälligen Gegenstand außer Acht zu lassen.

Und doch war gleichzeitig ihre Seele wie in tiefer schwerer unglücklicher Vergessenheit befangen. Was sind Glück und Leben! Von was hangen sie ab? Was sind wir selbst, dass wir wegen einer lächerlichen Fastnachtslüge glücklich oder unglücklich werden? Was haben wir verschuldet, wenn wir durch eine fröhliche gläubige Zuneigung Schmach und Hoffnungslosigkeit einernten? Wer sendet uns solche einfältige Truggestalten, die zerstörend in unser Schicksal eingreifen, während sie sich selbst daran auflösen wie schwache Seifenblasen?

Solche mehr geträumte als gedachte Fragen umfingen die Seele Nettchens, als ihre Augen sich plötzlich auf einen länglichen dunklen Gegenstand richteten, welcher zur Seite der Straße sich vom mondbeglänzten Schnee abhob. Es war der lang hingestreckte Wenzel, dessen dunkles Haar sich mit dem Schatten der Bäume vermischte, während sein schlanker Körper deutlich im Lichte lag.

Nettchen hielt unwillkürlich die Pferde an, womit eine tiefe Stille über den Wald kam. Sie starrte unverwandt nach dem dunklen Körper, bis derselbe sich ihrem hellsehenden Auge fast unverkennbar darstellte und sie leise die Zügel festband, ausstieg, die Pferde einen Augenblick beruhigend streichelte und sich hierauf der Erscheinung vorsichtig, lautlos näherte.

Ja, er war es. Der dunkelgrüne Samt seines Rockes nahm sich selbst auf dem nächtlichen Schnee schön und edel aus; der schlanke Leib und die geschmeidigen Glieder, wohl geschnürt und bekleidet, alles sagte noch in der Erstarrung, am Rande des Unterganges, im Verlorensein: Kleider machen Leute!

Als sich die einsame Schöne näher über ihn hinbeugte und ihn ganz sicher erkannte, sah sie auch sogleich die Gefahr, in der sein Leben schwebte, und fürchtete, er möchte bereits erfroren sein. Sie ergriff daher unbedenklich eine seiner Hände, die kalt und fühllos schien. Alles andere vergessend, rüttelte sie den Ärmsten und rief ihm seinen Taufnamen ins Ohr: Wenzel! Wenzel! Umsonst, er rührte sich nicht, sondern atmete nur schwach und traurig. Da fiel sie über ihn her, fuhr mit der Hand über sein Gesicht und gab ihm in der Beängstigung Nasenstüber auf die erbleichte Nasenspitze. Dann nahm sie, hiedurch auf einen guten Gedanken gebracht, Hände voll Schnee und rieb ihm die Nase und das Gesicht und auch die Finger tüchtig, so viel sie vermochte und bis sich der glücklich Unglückliche erholte, erwachte und langsam seine Gestalt in die Höhe richtete.

Er blickte um sich und sah die Retterin vor sich stehen. Sie hatte den Schleier zurückgeschlagen; Wenzel erkannte jeden Zug in ihrem weißen Gesicht, das ihn ansah mit großen Augen.

Er stürzte vor ihr nieder, küsste den Saum ihres Mantels und rief: »Verzeih mir! Verzeih mir!«

»Komm, fremder Mensch!«, sagte sie mit unterdrückter zitternder Stimme, »ich werde mit dir sprechen und dich fortschaffen!«

Sie winkte ihm, in den Schlitten zu steigen, was er folgsam tat; sie gab ihm Mütze und Handschuh, ebenso unwillkürlich, wie sie dieselben mitgenommen hatte, ergriff Zügel und Peitsche und fuhr vorwärts.

Jenseits des Waldes, unfern der Straße, lag ein Bauernhof, auf welchem eine Bäuerin hauste, deren Mann unlängst gestorben. Nettchen war die Patin eines ihrer Kinder sowie der Vater Amtsrat ihr Zinsherr. Noch neulich war die Frau bei ihnen gewesen, um der Tochter Glück zu wünschen und allerlei Rat zu holen, konnte aber zu dieser Stunde noch nichts von dem Wandel der Dinge wissen.

Nach diesem Hofe fuhr Nettchen jetzt, von der Straße ablenkend und mit einem kräftigen Peitschenknallen vor dem Hause haltend. Es war noch Licht hinter den kleinen Fenstern; denn die Bäuerin war wach und machte sich zu schaffen, während Kinder und Gesinde längst schliefen. Sie öffnete das Fenster und guckte verwundert heraus. »Ich bin's nur, wir sind's!«, rief Nettchen. »Wir haben uns verirrt wegen der neuen oberen Straße, die ich noch nie gefahren bin; macht uns einen Kaffee, Frau Gevatterin, und lasst uns einen Augenblick hineinkommen, ehe wir weiterfahren!«

Gar vergnügt eilte die Bäuerin her, da sie Nettchen sofort erkannte, und bezeigte sich entzückt und eingeschüchtert zugleich, auch das große Tier, den fremden Grafen, zu sehen. In ihren Augen waren Glück und Glanz dieser Welt in diesen zwei Personen über ihre Schwelle getreten; unbestimmte Hoffnungen, einen kleinen Teil daran, irgendeinen bescheidenen Nutzen für sich oder ihre Kinder zu gewinnen, belebten die gute Frau und gaben ihr alle Behändigkeit, die jungen Herrschaftsleute zu bedienen. Schnell hatte sie ein Knechtchen geweckt, die Pferde zu halten, und bald hatte sie auch einen heißen Kaffee bereitet, welchen sie jetzt hereinbrachte, wo Wenzel und Nettchen in der halbdunklen Stube einander gegenübersaßen, ein schwach flackerndes Lämpchen zwischen sich auf dem Tische.

Wenzel saß, den Kopf in die Hände gestützt, und wagte nicht aufzublicken. Nettchen lehnte auf ihrem Stuhle zurück und hielt die Augen fest verschlossen, aber ebenso den bittern schönen Mund, woran man sah, dass sie keineswegs schlief.

Als die Gevattersfrau den Trank auf den Tisch gesetzt hatte, erhob sich Nettchen rasch und flüsterte ihr zu: »Lasst uns jetzt eine Viertelstunde allein, legt Euch aufs Bett, liebe Frau, wir haben uns ein bisschen gezankt und müssen uns heute noch aussprechen, da hier gute Gelegenheit ist!«

»Ich verstehe schon, Ihr macht's gut so!«, sagte die Frau und ließ die zwei bald allein.

»Trinken Sie dies«, sagte Nettchen, die sich wieder gesetzt hatte, »es wird Ihnen gesund sein!« Sie selbst berührte nichts. Wenzel Strapinski, der leise zitterte, richtete sich auf, nahm eine Tasse und trank sie aus, mehr weil sie es gesagt hatte, als um sich zu erfrischen. Er blickte sie jetzt auch an, und als ihre Augen sich begegneten und Nettchen forschend die seinigen betrachtete, schüttelte sie das Haupt und sagte dann: »Wer sind Sie? Was wollten Sie mit mir?«

»Ich bin nicht ganz so, wie ich scheine!«, erwiderte er traurig, »ich bin ein armer Narr, aber ich werde alles gut machen und Ihnen Genugtuung geben und nicht lange mehr am Leben sein!« Solche Worte sagte er so überzeugt und ohne allen gemachten Ausdruck, dass Nettchens Augen unmerklich aufblitzten. Dennoch wiederholte sie: »Ich wünsche zu wissen, wer Sie eigentlich seien und woher Sie kommen und wohin Sie wollen?«

»Es ist alles so gekommen, wie ich Ihnen jetzt der Wahrheit gemäß erzählen will«, antwortete er und sagte ihr, wer er sei und wie es ihm bei seinem Einzug in Goldach ergangen. Er beteuerte besonders, wie er mehrmals habe fliehen wollen, schließlich aber durch ihr Erscheinen selbst gehindert worden sei, wie in einem verhexten Traume.

Nettchen wurde mehrmals von einem Anflug von Lachen heimgesucht; doch überwog der Ernst ihrer Angelegenheit zu sehr als dass es zum Ausbruch gekommen wäre. Sie fuhr vielmehr fort zu fragen: »Und wohin gedachten Sie mit mir zu gehen und was zu beginnen?« »Ich weiß es kaum«, erwiderte er; »ich hoffte auf weitere merkwürdige oder glückliche Dinge; auch gedachte ich zuweilen des Todes in der Art, dass ich mir denselben geben wolle, nachdem ich –«

Hier stockte Wenzel und sein bleiches Gesicht wurde ganz rot.

»Nun, fahren Sie fort!«, sagte Nettchen, ihrerseits bleich werdend, indessen ihr Herz wunderlich klopfte.

Da flammten Wenzels Augen groß und süß auf und er rief:

»Ja, jetzt ist es mir klar und deutlich vor Augen, wie es gekommen wäre! Ich wäre mit dir in die weite Welt gegangen, und nachdem ich einige kurze Tage des Glückes mit dir gelebt, hätte ich dir den Betrug gestanden und mir gleichzeitig den Tod gegeben. Du wärest zu deinem Vater zurückgekehrt, wo du wohl aufgehoben gewesen wärest und mich leicht vergessen hättest. Niemand brauchte darum zu wissen; ich wäre spurlos verschollen. – Anstatt an der Sehnsucht nach einem würdigen Dasein, nach einem gütigen Herzen, nach Liebe lebenslang zu kranken«, fuhr er wehmütig fort, »wäre ich einen Augenblick lang groß und glücklich gewesen und hoch über allen, die weder glücklich noch unglücklich sind und doch nie sterben wollen! O hätten Sie mich liegen gelassen im kalten Schnee, ich wäre so ruhig eingeschlafen!«

Er war wieder still geworden und schaute düster sinnend vor sich hin.

Nach einer Weile sagte Nettchen, die ihn still betrachtet, nachdem das durch Wenzels Reden angefachte Schlagen ihres Herzens sich etwas gelegt hatte:

»Haben Sie dergleichen oder ähnliche Streiche früher schon begangen und fremde Menschen angelogen, die Ihnen nichts zuleide getan?«

»Das habe ich mich in dieser bitteren Nacht selbst schon gefragt und mich nicht erinnert, dass ich je ein Lügner gewesen bin! Ein solches Abenteuer habe ich noch gar nie gemacht oder erfahren! Ja, in jenen Tagen, als der Hang in mir entstanden, etwas Ordentliches zu sein oder zu scheinen, in halber Kindheit noch, habe ich mich selbst überwunden und einem Glück entsagt, das mir beschieden schien!«

»Was ist dies?«, fragte Nettchen.

»Meine Mutter war, ehe sie sich verheiratet hatte, in Diensten einer benachbarten Gutsherrin und mit derselben auf Reisen und in großen Städten gewesen. Davon hatte sie eine feinere Art bekommen als die anderen Weiber unsers Dorfes und war wohl auch etwas eitel; denn sie kleidete sich und mich, ihr einziges Kind, immer etwas zierlicher und gesuchter, als es bei uns Sitte war. Der Vater, ein armer Schulmeister, starb aber früh, und so blieb uns bei größter Armut keine Aussicht auf glückliche Erlebnisse, von welchen die Mutter gerne zu träumen pflegte. Vielmehr musste sie sich harter Arbeit hingeben, um uns zu ernähren, und damit das Liebste, was sie hatte, etwas bessere Haltung und Kleidung, aufopfern. Unerwartet sagte nun jene nun verwitwete Gutsherrin, als ich etwa sechszehn Jahre alt war, sie gehe mit ihrem Haushalt in die Residenz für immer; die Mutter solle mich mitgeben, es sei schade für mich, in dem Dorfe ein Tagelöhner oder Bauernknecht zu werden, sie wolle mich etwas Feines lernen lassen, zu was ich Lust habe, während ich in ihrem Hause leben und diese und jene leichten Dienstleistungen tun könne. Das schien nun das Herrlichste zu sein, was sich für uns ereignen mochte. Alles wurde demgemäß verabredet und zubereitet, als die Mutter nachdenklich und traurig wurde und mich eine Tages plötzlich mit vielen Tränen bat, sie nicht zu verlassen, sondern mit ihr arm zu bleiben; sie werde nicht alt werden, sagte sie, und ich würde gewiß noch zu etwas Gutem gelangen, auch wenn sie tot sei. Die Gutsherrin, der ich das betrübt hinterbrachte, kam her und machte meiner Mutter Vorstellungen; aber diese wurde jetzt ganz aufgeregt und rief einmal um das andere, sie lasse sich ihr Kind nicht rauben; wer es kenne –«

Hier stockte Wenzel Strapinski abermals und wusste sich nicht recht fortzuhelfen. Nettchen fragte: »Was sagte die Mutter, wer es kenne? Warum fahren Sie nicht fort?«

Wenzel errötete und antwortete: »Sie sagte etwas Seltsames, was ich nicht recht verstand und was ich jedenfalls seither nicht verspürt habe; sie meinte, wer das Kind kenne, könne nicht mehr von ihm lassen, und wollte wohl damit sagen, dass ich ein gutmütiger Junge gewesen sei oder etwas dergleichen. Kurz, sie war so aufgeregt, dass ich trotz alles Zuredens jener Dame entsagte und bei der Mutter blieb, wofür sie mich doppelt lieb hatte, tausendmal mich um Verzeihung bittend, dass sie mir vor dem Glücke sei. Als ich aber nun auch etwas verdienen lernen sollte, stellte es sich heraus, dass nicht viel anderes zu tun war als dass ich zu unserm Dorfschneider in die Lehre ging. Ich wollte nicht, aber die Mutter weinte so sehr, dass ich mich ergab. Dies ist die Geschichte.«

Auf Nettchens Frage, warum er denn doch von der Mutter fort sei und wann? erwiderte Wenzel:

»Der Militärdienst rief mich weg. Ich wurde unter die Husaren gesteckt und war ein ganz hübscher roter Husar, obwohl vielleicht der dümmste im Regiment, jedenfalls der stillste. Nach einem Jahre konnte ich endlich für ein paar Wochen Urlaub erhalten und eilte nach Hause, meine gute Mutter zu sehen; aber sie war eben gestorben. Da bin ich denn, als meine Zeit vorbei war, einsam in die Welt gereist und endlich hier in mein Unglück geraten.«

Nettchen lächelte, als er dieses vor sich hin klagte und sie ihn dabei aufmerksam betrachtete. Es war jetzt eine Zeit lang still in der Stube; auf einmal schien ihr ein Gedanke aufzutauchen.

»Da Sie«, sagte sie plötzlich, aber dennoch mit zögerndem spitzigen Wesen, »stets so wertgeschätzt und liebenswürdig waren, so haben Sie ohne Zweifel auch jederzeit Ihre gehörigen Liebschaften oder dergleichen gehabt und wohl schon mehr als ein armes Frauenzimmer auf dem Gewissen – von mir nicht zu reden?«

»Ach Gott«, erwiderte Wenzel, ganz rot werdend, »eh ich zu Ihnen kam, habe ich niemals auch nur die Fingerspitzen eines Mädchens berührt, ausgenommen –«

»Nun?«, sagte Nettchen.

»Nun«, fuhr er fort, »das war eben jene Frau, die mich mitnehmen und bilden lassen wollte, die hatte ein Kind, ein Mädchen von sieben oder acht Jahren, ein seltsames heftiges Kind und doch gut wie Zucker und schön wie ein Engel. Dem hatte ich vielfach den Diener und Beschützer machen müssen und es hatte sich an mich gewöhnt. Ich musste es regelmäßig nach dem entfernten Pfarrhof bringen, wo es bei dem alten Pfarrer Unterricht genoss, und es von da wieder abholen. Auch sonst musste ich öfter mit ihm ins Freie, wenn sonst niemand gerade mitgehen konnte. Dieses Kind nun, als ich es zum letzten Mal im Abendschein über das Feld nach Hause führte, fing von der bevorstehenden Abreise zu reden an, erklärte mir, ich müsste dennoch mitgehen, und fragte, ob ich es tun wollte. Ich sagte, dass es nicht sein könne. Das Kind fuhr aber fort, gar beweglich und dringlich zu bitten, indem es mir am Arme hing und mich am Gehen hinderte, wie Kinder zu tun pflegen, sodass ich mich bedachtlos wohl etwas unwirsch frei machte. Da senkte das Mädchen sein Haupt und suchte beschämt und traurig die Tränen zu unterdrücken, die jetzt hervorbrachen, und es vermochte kaum das Schluchzen zu bemeistern. Betroffen wollte ich das Kind begütigen; allein nun wandte es sich zornig ab und entließ mich in Ungnaden. Seitdem ist mir das schöne Kind immer im Sinne geblieben, und mein Herz hat immer an ihm gehangen, obgleich ich nie wieder von ihm gehört habe –«

Plötzlich hielt der Sprecher, der in eine sanfte Erregung geraten war, wie erschreckt inne und starrte erbleichend seine Gefährtin an.

»Nun«, sagte Nettchen ihrerseits mit seltsamem Tone, in gleicher Weise etwas blass geworden, »was sehen Sie mich so an?«

Wenzel aber streckte den Arm aus, zeigte mit dem Finger auf sie, wie wenn er einen Geist sähe, und rief:

»Dieses habe ich auch schon erblickt. Wenn jenes Kind zornig war, so hoben sich ganz so, wie jetzt bei Ihnen, die schönen Haare um Stirne und Schläfe ein wenig aufwärts, dass man sie sich bewegen sah, und so war es auch zuletzt auf dem Felde in jenem Abendglanze.«

In der Tat hatten sich die zunächst den Schläfen und über der Stirne liegenden Locken Nettchens leise bewegt wie von einem ins Gesicht wehenden Lufthauche.

Die allezeit etwas kokette Mutter Natur hatte hier eines ihrer Geheimnisse angewendet, um den schwierigen Handel zu Ende zu führen.

Nach kurzem Schweigen, indem ihre Brust sich zu heben begann, stand Nettchen auf, ging um den Tisch herum dem Manne entgegen und fiel ihm um den Hals mit den Worten: »Ich will dich nicht verlassen! Du bist mein, und ich will mit dir gehen trotz aller Welt!«

So feierte sie erst jetzt ihre rechte Verlobung aus tief entschlossener Seele, indem sie in süßer Leidenschaft ein Schicksal auf sich nahm und Treue hielt.

Doch war sie keineswegs so blöde, dieses Schicksal nicht selbst ein wenig lenken zu wollen; vielmehr fasste sie rasch und keck neue Entschlüsse. Denn sie sagte zu dem guten Wenzel, der in dem abermaligen Glückeswechsel verloren träumte:

»Nun wollen wir gerade nach Seldwyl gehen und den Dortigen, die uns zu zerstören gedachten, zeigen, dass sie uns erst recht vereinigt und glücklich gemacht haben!«

Dem wackern Wenzel wollte das nicht einleuchten. Er wünschte vielmehr, in unbekannte Weiten zu ziehen und geheimnisvoll romantisch dort zu leben in stillem Glücke, wie er sagte.

Allein Nettchen rief: »Keine Romane mehr! Wie du bist, ein

armer Wandersmann, will ich mich zu dir bekennen und in meiner Heimat allen diesen Stolzen und Spöttern zum Trotze dein Weib sein! Wir wollen nach Seldwyla gehen und dort durch Tätigkeit und Klugheit die Menschen, die uns verhöhnt haben, von uns abhängig machen!«

Und wie gesagt, so getan! Nachdem die Bäuerin herbeigerufen und von Wenzel, der anfing seine neue Stellung einzunehmen, beschenkt worden war, fuhren sie ihres Weges weiter. Wenzel führte jetzt die Zügel, Nettchen lehnte sich so zufrieden an ihn, als ob er eine Kirchensäule wäre. Denn des Menschen Wille ist sein Himmelreich, und Nettchen war just vor drei Tagen volljährig geworden und konnte dem ihrigen folgen.

In Seldwyla hielten sie vor dem Gasthause Zum Regenbogen, wo noch eine Zahl jener Schlittenfahrer beim Glase saß. Als das Paar im Wirtssaale erschien, lief wie ein Feuer die Rede herum: »Ha, da haben wir eine Entführung! wir haben eine köstliche Geschichte eingeleitet!«

Doch ging Wenzel ohne Umsehen hindurch mit seiner Braut, und nachdem sie in ihren Gemächern verschwunden war, begab er sich in den Wilden Mann, ein anderes gutes Gasthaus, und schritt stolz durch die dort ebenfalls noch hausenden Seldwyler hindurch in ein Zimmer, das er begehrte, und überließ sie ihren erstaunten Beratungen, über welchen sie sich das grimmigste Kopfweh anzutrinken genötigt waren.

Auch in der Stadt Goldach lief um die gleiche Zeit schon das Wort »Entführung!« herum. In aller Frühe schon fuhr auch der Teich Bethesda nach Seldwyla, von dem aufgeregten Böhni und Nettchens betroffenem Vater bestiegen. Fast wären sie in ihrer Eile ohne Anhalt durch Seldwyla gefahren, als sie noch rechtzeitig den Schlitten Fortuna wohlbehalten vor dem Gasthause stehen sahen und zu ihrem Troste vermuteten, dass wenigstens die schönen Pferde auch nicht weit sein würden. Sie ließen daher ausspannen, als sich die Vermutung bestätigte und sie die Ankunft und den Aufenthalt Nettchens vernahmen, und gingen gleichfalls in den Regenbogen hinein.

Es dauerte jedoch eine kleine Weile, bis Nettchen den Vater bitten ließ, sie auf ihrem Zimmer zu besuchen und dort allein mit ihr zu sprechen. Auch sagte man, sie habe bereits den besten Rechtsanwalt der Stadt rufen lassen, welcher im Laufe des Vormittags erscheinen werde. Der Amtsrat ging etwas schweren Herzens zu seiner Tochter hinauf, überlegend, auf welche Weise er das desperate Kind am besten aus der Verirrung zurückführe, und war auf ein verzweifeltes Gebaren gefasst.

Allein mit Ruhe und sanfter Festigkeit trat ihm Nettchen entgegen. Sie dankte ihrem Vater mit Rührung für alle ihr bewiesene Liebe und Güte und erklärte sodann in bestimmten Sätzen: erstens sie wolle nach dem Vorgefallenen nicht mehr in Goldach leben, wenigstens nicht die nächsten Jahre; zweitens wünsche sie ihr bedeutendes mütterliches Erbe an sich zu nehmen, welches der Vater ja schon lange für den Fall ihrer Verheiratung bereitgehalten; drittens wolle sie den Wenzel Strapinski heiraten, woran vor allem nichts zu ändern sei; viertens wolle sie mit ihm in Seldwyla wohnen und ihm da ein tüchtiges Geschäft gründen helfen, und fünftens und letztens werde alles gut werden; denn sie habe sich überzeugt, dass er ein guter Mensch sei und sie glücklich machen werde.

Der Amtsrat begann seine Arbeit mit der Erinnerung, dass Nettchen ja wisse, wie sehr er schon gewünscht habe, ihr Vermögen zur Begründung ihres wahren Glückes je eher je lieber in ihre Hände legen zu können. Dann aber schilderte er mit aller Bekümmernis, die ihn seit der ersten Kunde von der schrecklichen Katastrophe erfüllte, das Unmögliche des Verhältnisses, das sie festhalten wolle, und schließlich zeigte er das große Mittel, durch welches sich der schwere Konflikt allein würdig lösen lasse. Herr Melchior Böhni sei es, der bereit sei, durch augenblickliches Einstehen mit seiner Person den ganzen Handel niederzuschlagen und mit seinem unantastbaren Namen ihre Ehre vor der Welt zu schützen und aufrechtzuhalten.

Aber das Wort Ehre brachte nun doch die Tochter in größere Aufregung. Sie rief, gerade die Ehre sei es, welche ihr gebiete, den

Herren Böhni nicht zu heiraten, weil sie ihn nicht leiden könne, dagegen dem armen Fremden getreu zu bleiben, welchem sie ihr Wort gegeben habe und den sie auch leiden könne!

Es gab nun ein fruchtloses Hin- und Widerreden, welches die standhafte Schöne endlich doch zum Tränenvergießen brachte.

Fast gleichzeitig drangen Wenzel und Böhni herein, welche auf der Treppe zusammengetroffen, und es drohte eine große Verwirrung zu entstehen, als auch der Rechtsanwalt erschien, ein dem Amtsrate wohlbekannter Mann, und vorderhand zur friedlichen Besonnenheit mahnte. Als er in wenigen vorläufigen Worten vernahm, worum es sich handle, ordnete er an, dass vor allem Wenzel sich in den Wilden Mann zurückziehe und sich dort still halte, dass auch Herr Böhni sich nicht einmische und fortgehe, dass Nettchen ihrerseits alle Formen des bürgerlichen guten Tones wahre bis zum Austrag der Sache und der Vater auf jede Ausübung von Zwang verzichte, da die Freiheit der Tochter gesetzlich unbezweifelt sei.

So gab es denn einen Waffenstillstand und eine allgemeine Trennung für einige Stunden.

In der Stadt, wo der Anwalt ein paar Worte verlauten ließ von einem großen Vermögen, welches vielleicht nach Seldwyla käme durch diese Geschichte, entstand nun ein großer Lärm. Die Stimmung der Seldwyler schlug plötzlich um zugunsten des Schneiders und seiner Verlobten, und sie beschlossen, die Liebenden zu schützen mit Gut und Blut und in ihrer Stadt Recht und Freiheit der Person zu wahren. Als daher das Gerücht ging, die Schöne von Goldach solle mit Gewalt zurückgeführt werden, rotteten sie sich zusammen, stellten bewaffnete Schutz- und Ehrenwachen vor den Regenbogen und vor den Wilden Mann und begingen überhaupt mit gewaltiger Lustbarkeit eines ihrer großen Abenteuer, als merkwürdige Fortsetzung des gestrigen.

Der erschreckte und gereizte Amtsrat schickte seinen Böhni nach Goldach um Hilfe. Der fuhr im Galopp hin, und am nächsten Tage fuhren eine Anzahl Männer mit einer ansehnlichen Polizeimacht von dort herüber, um dem Amtsrat beizustehen, und es gewann den Anschein, als ob Seldwyla ein neues Troja werden sollte. Die Parteien standen sich drohend gegenüber; der Stadttambour drehte bereits an seiner Spannschraube und tat einzelne Schläge mit dem rechten Schlägel. Da kamen höhere Amtspersonen, geistliche und weltliche Herren, auf den Platz, und die Unterhandlungen, welche allseitig gepflogen wurden, ergaben endlich, da Nettchen fest blieb und Wenzel sich nicht einschüchtern ließ, aufgemuntert durch die Seldwyler, dass das Aufgebot ihrer Ehe nach Sammlung aller nötigen Schriften förmlich stattfinden und dass gewärtigt werden solle, ob und welche gesetzliche Einsprachen während dieses Verfahrens dagegen erhoben würden und mit welchem Erfolge.

Solche Einsprachen konnten bei der Volljährigkeit Nettchens einzig noch erhoben werden wegen der zweifelhaften Person des falschen Grafen Wenzel Strapinski.

Allein der Rechtsanwalt, der seine und Nettchens Sache nun führte, ermittelte, dass den fremden jungen Mann weder in seiner Heimat noch auf seinen bisherigen Fahrten auch nur der Schatten eines bösen Leumunds getroffen habe und von überall her nur gute und wohlwollende Zeugnisse für ihn einliefen.

Was die Ereignisse in Goldach betraf, so wies der Advokat nach, dass Wenzel sich eigentlich gar nie selbst für einen Grafen ausgegeben, sondern dass ihm dieser Rang von andern gewaltsam verliehen worden; dass er schriftlich auf allen vorhandenen Belegstücken mit seinem wirklichen Namen Wenzel Strapinski ohne jede Zutat sich unterzeichnet hatte und somit kein anderes Vergehen vorlag, als dass er eine törichte Gastfreundschaft genossen hatte, die ihm nicht gewährt worden wäre, wenn er nicht in jenem Wagen angekommen wäre und jener Kutscher nicht jenen schlechten Spaß gemacht hätte.

So endigte denn der Krieg mit einer Hochzeit, an welcher die Seldwyler mit ihren sogenannten Katzenköpfen gewaltig schossen zum Verdrusse der Goldacher, welche den Geschützdonner ganz gut hören konnten, da der Westwind wehte. Der Amtsrat gab Nettchen ihr ganzes Gut heraus, und sie sagte, Wenzel müsse nun ein großer Marchand-Tailleur und Tuchherr werden in Seldwyla; denn da hieß der Tuchhändler noch Tuchherr, der Eisenhändler Eisenherr usw.

Das geschah denn auch, aber in ganz anderer Weise als die Seldwyler geträumt hatten. Er war bescheiden, sparsam und fleißig in seinem Geschäfte, welchem er einen großen Umfang zu geben verstand. Er machte ihnen ihre veilchenfarbigen oder weiß und blau gewürfelten Sammetwesten, ihre Ballfräcke mit goldenen Knöpfen, ihre rot ausgeschlagenen Mäntel, und alles waren sie ihm schuldig, aber nie zu lange Zeit. Denn um neue, noch schönere Sachen zu erhalten, welche er kommen oder anfertigen ließ, mussten sie ihm das Frühere bezahlen, sodass sie untereinander klagten, er presse ihnen das Blut unter den Nägeln hervor.

Dabei wurde er rund und stattlich und sah beinah gar nicht mehr träumerisch aus; er wurde von Jahr zu Jahr geschäftserfahrener und gewandter und wusste in Verbindung mit seinem bald versöhnten Schwiegervater, dem Amtsrat, so gute Spekulationen zu machen, dass sich sein Vermögen verdoppelte und er nach zehn oder zwölf Jahren mit ebenso vielen Kindern, die inzwischen Nettchen, die Strapinska, geboren hatte, und mit Letzterer nach Goldach übersiedelte und daselbst ein angesehener Mann ward.

Aber in Seldwyla ließ er nicht einen Stüber zurück, sei es aus Undank oder aus Rache.

Romeo und Julia auf dem Dorfe

Diese Geschichte zu erzählen würde eine müßige Nachahmung sein, wenn sie nicht auf einem wirklichen Vorfall beruhte, zum Beweise, wie tief im Menschenleben jede jener Fabeln wurzelt, auf welche die großen alten Werke gebaut sind. Die Zahl solcher Fabeln ist mäßig; aber stets treten sie in neuem Gewande wieder in die Erscheinung und zwingen alsdann die Hand, sie festzuhalten.

An dem schönen Flusse, der eine halbe Stunde entfernt an Seldwyl vorüberzieht, erhebt sich eine weitgedehnte Erdwelle und verliert sich, selber wohlbebaut, in der fruchtbaren Ebene. Fern an ihrem Fuße liegt ein Dorf, welches manche große Bauernhöfe enthält, und über die sanfte Anhöhe lagen vor Jahren drei prächtige lange Äcker weit hingestreckt gleich drei riesigen Bändern nebeneinander. An einem sonnigen Septembermorgen pflügten zwei Bauern auf zweien dieser Äcker, und zwar auf jedem der beiden äußersten; der mittlere schien seit langen Jahren brach und wüst zu liegen, denn er war mit Steinen und hohem Unkraut bedeckt und eine Welt von geflügelten Tierchen summte ungestört über ihm. Die Bauern aber, welche zu beiden Seiten hinter ihrem Pfluge gingen, waren lange knochige Männer von ungefähr vierzig Jahren und verkündeten auf den ersten Blick den sichern, gutbesorgten Bauersmann. Sie trugen kurze Kniehosen von starkem Zwillich, an dem jede Falte ihre unveränderliche Lage hatte und wie in Stein gemeißelt aussah. Wenn sie, auf ein Hindernis stoßend, den Pflug fester fassten, so zitterten die groben Hemdärmel von der leichten Erschütterung, indessen die wohlrasierten Gesichter ruhig und aufmerksam, aber ein wenig blinzelnd in den Sonnenschein vor sich hinschauten, die Furche bemaßen oder auch wohl zuweilen sich umsahen, wenn ein fernes Geräusch die Stille des Landes unterbrach. Langsam und mit einer gewissen natürlichen Zierlichkeit setzten sie einen Fuß um den andern vorwärts und keiner sprach ein

Wort, außer wenn er etwa dem Knechte, der die stattlichen Pferde antrieb, eine Anweisung gab. So glichen sie einander vollkommen in einiger Entfernung; denn sie stellten die ursprüngliche Art dieser Gegend dar, und man hätte sie auf den ersten Blick nur daran unterscheiden können, dass der eine den Zipfel seiner weißen Kappe nach vorn trug, der andere aber hinten im Nacken hängen hatte. Aber das wechselte zwischen ihnen ab, indem sie in der entgegengesetzten Richtung pflügten; denn wenn sie oben auf der Höhe zusammentrafen und aneinander vorüberkamen, so schlug dem, welcher gegen den frischen Ostwind ging, die Zipfelkappe nach hinten über, während sie bei dem andern, der den Wind im Rücken hatte, sich nach vorne sträubte. Es gab auch jedes Mal einen mittlern Augenblick, wo die schimmernden Mützen aufrecht in der Luft schwankten und wie zwei weiße Flammen gen Himmel züngelten. So pflügten beide ruhevoll, und es war schön anzusehen in der stillen goldenen Septembergegend, wenn sie so auf der Höhe aneinander vorbeizogen, still und langsam, und sich mählig voneinander entfernten, immer weiter auseinander, bis beide wie zwei untergehende Gestirne hinter die Wölbung des Hügels hinabgingen und verschwanden, um eine gute Weile darauf wieder zu erscheinen. Wenn sie einen Stein in ihren Furchen fanden, so warfen sie denselben auf den wüsten Acker in der Mitte mit lässig kräftigem Schwunge, was aber nur selten geschah, da derselbe schon fast mit allen Steinen belastet war, welche überhaupt auf den Nachbaräckern zu finden gewesen. So war der lange Morgen zum Teil vergangen, als von dem Dorfe her ein kleines artiges Fuhrwerklein sich näherte, welches kaum zu sehen war, als es begann die gelinde Höhe heranzukommen. Das war ein grünbemaltes Kinderwägelchen, in welchem die Kinder der beiden Pflüger, ein Knabe und ein kleines Ding von Mädchen, gemeinschaftlich den Vormittagsimbiss heranfuhren. Für jeden Teil lag ein schönes Brot, in eine Serviette gewickelt, eine Kanne Wein mit Gläsern und noch irgendein Zutätchen in dem Wagen, welches die zärtliche Bäuerin für den fleißigen Meister mitgesandt, und außerdem waren da noch verpackt allerlei seltsam gestaltete angebissene Äpfel und Birnen, welche die Kinder am Wege aufgelesen, und eine völlig nackte Puppe mit nur einem Bein und einem verschmierten Gesicht, welche wie ein Fräulein zwischen den Broten saß und sich behaglich fahren ließ. Dies Fuhrwerk hielt nach manchem Anstoß und Aufenthalt endlich auf der Höhe im Schatten eines jungen Lindengebüsches, welches da am Rande des Feldes stand, und nun konnte man die beiden Fuhrleute näher betrachten. Es war ein Junge von sieben Jahren und ein Dirnchen von fünfen, beide gesund und munter, und weiter war nichts Auffälliges an ihnen, als dass beide sehr hübsche Augen hatten und das Mädchen dazu noch eine bräunliche Gesichtsfarbe und ganz krause dunkle Haare, welche ihm ein feuriges und treuherziges Ansehen gaben. Die Pflüger waren jetzt auch wieder oben angekommen, steckten den Pferden etwas Klee vor und ließen die Pflüge in der halbvollendeten Furche stehen, während sie als gute Nachbaren sich zu dem gemeinschaftlichen Imbiss begaben und sich da zuerst begrüßten; denn bislang hatten sie sich noch nicht gesprochen an diesem Tage.

Wie nun die Männer mit Behagen ihr Frühstück einnahmen und mit zufriedenem Wohlwollen den Kindern mitteilten, die nicht von der Stelle wichen, solange gegessen und getrunken wurde, ließen sie ihre Blicke in der Nähe und Ferne herumschweifen und sahen das Städtchen räucherig glänzend in seinen Bergen liegen; denn das reichliche Mittagsmahl, welches die Seldwyler alle Tage bereiteten, pflegte ein weithin scheinendes Silbergewölk über ihre Dächer emporzutragen, welches lachend an ihren Bergen hinschwebte.

»Die Lumpenhunde zu Seldwyl kochen wieder gut!«, sagte Manz, der eine der Bauern, und Marti, der andere, erwiderte: »Gestern war einer bei mir wegen des Ackers hier.« »Aus dem Bezirksrat? bei mir ist er auch gewesen!«, sagte Manz. »So? und meinte wahrscheinlich auch, du solltest das Land benutzen und den Herren die Pacht zahlen?« »Ja, bis es sich entschieden habe, wem der Acker gehöre und was mit ihm anzufangen sei. Ich habe mich aber bedankt, das verwilderte Wesen für einen andern herzustellen, und sagte, sie sollten den Acker nur verkaufen und den Ertrag aufheben, bis sich ein Eigentümer gefunden, was wohl nie geschehen wird; denn was einmal auf der Kanzlei zu Seldwyl liegt, hat da gute Weile, und überdem ist die Sache schwer zu entscheiden. Die Lumpen möchten indessen gar zu gern etwas zu naschen bekommen durch den Pachtzins, was sie freilich mit der Verkaufssumme auch tun könnten; allein wir würden uns hüten, dieselbe zu hoch hinaufzutreiben, und wir wüssten dann doch, was wir hätten und wem das Land gehört!« »Ganz so meine ich auch und habe dem Steckleinspringer eine ähnliche Antwort gegeben!«

Sie schwiegen eine Weile, dann fing Manz wiederum an: »Schad ist es aber doch, dass der gute Boden so daliegen muss, es ist nicht zum Ansehen, das geht nun schon in die zwanzig Jahre so, und keine Seele fragt darnach; denn hier im Dorf ist niemand, der irgendeinen Anspruch auf den Acker hat, und niemand weiß auch, wo die Kinder des verdorbenen Trompeters hingekommen sind.«

»Hm!«, sagte Marti, »das wäre so eine Sache! Wenn ich den schwarzen Geiger ansehe, der sich bald bei den Heimatlosen aufhält, bald in den Dörfern zum Tanz aufspielt, so möchte ich darauf schwören, dass er ein Enkel des Trompeters ist, der freilich nicht weiß, dass er noch einen Acker hat. Was täte er aber damit? Einen Monat lang sich besaufen und dann nach wie vor! Zudem, wer dürfte da einen Wink geben, da man es doch nicht sicher wissen kann!«

»Da könnte man eine schöne Geschichte anrichten!«, antwortete Manz, »wir haben so genug zu tun, diesem Geiger das Heimatsrecht in unserer Gemeinde abzustreiten, da man uns den Fetzel fortwährend aufhalsen will. Haben sich seine Eltern einmal unter die Heimatlosen begeben, so mag er auch dableiben und dem Kesselvolk das Geigelein streichen. Wie in aller Welt können wir wissen, dass er des Trompeters Sohnessohn ist? Was mich betrifft, wenn ich den Alten auch in dem dunklen Gesicht vollkommen zu erkennen glaube, so sage ich: Irren ist menschlich, und das geringste Fetzchen Papier, ein Stücklein von einem Taufschein würde meinem Gewissen besser tun als zehn sündhafte Menschengesichter!«

»Eia, sicherlich!«, sagte Marti, »er sagt zwar, er sei nicht schuld, dass man ihn nicht getauft habe! Aber sollen wir unsern Taufstein tragbar machen und in den Wäldern herumtragen? Nein, er steht fest in der Kirche, und dafür ist die Totenbahre tragbar, die draußen an der Mauer hängt. Wir sind schon übervölkert im Dorf und brauchen bald zwei Schulmeister!«

Hiemit war die Mahlzeit und das Zwiegespräch der Bauern geendet, und sie erhoben sich, den Rest ihrer heutigen Vormittagsarbeit zu vollbringen. Die beiden Kinder hingegen, welche schon den Plan entworfen hatten, mit den Vätern nach Hause zu ziehen, zogen ihr Fuhrwerk unter den Schutz der jungen Linden und begaben sich dann auf einen Streifzug in dem wilden Acker, da derselbe mit seinen Unkräutern, Stauden und Steinhaufen eine ungewohnte und merkwürdige Wildnis darstellte. Nachdem sie in der Mitte dieser grünen Wildnis einige Zeit hingewandert, Hand in Hand, und sich daran belustigt, die verschlungenen Hände über die hohen Distelstauden zu schwingen, ließen sie sich endlich im Schatten einer solchen nieder und das Mädchen begann seine Puppe mit den langen Blättern des Wegekrautes zu bekleiden, sodass sie einen schönen grünen und ausgezackten Rock bekam; eine einsame rote Mohnblume, die da noch blühte, wurde ihr als Haube über den Kopf gezogen und mit einem Grase festgebunden, und nun sah die kleine Person aus wie eine Zauberfrau, besonders nachdem sie noch ein Halsband und einen Gürtel von kleinen roten Beerchen erhalten. Dann wurde sie hoch in die Stengel der Distel gesetzt und eine Weile mit vereinten Blicken angeschaut, bis der Knabe sie genugsam besehen und mit einem Steine herunterwarf. Dadurch geriet aber ihr Putz in Unordnung und das Mädchen entkleidete sie schleunigst, um sie aufs neue zu schmücken; doch als die Puppe eben wieder nackt und bloß war und nur noch der roten Haube sich erfreuete, entriss der wilde Junge seiner Gefährtin das Spielzeug und warf es hoch in die Luft. Das Mädchen sprang klagend darnach, allein der Knabe fing die Puppe zuerst wieder auf, warf sie aufs Neue empor, und indem das Mädchen sie vergeblich zu haschen sich bemühte, neckte er es auf diese Weise eine gute Zeit. Unter seinen Händen aber nahm die fliegende Puppe Schaden, und zwar am Knie ihres einzigen Beines, allwo ein kleines Loch einige Kleiekörner durchsickern ließ. Kaum bemerkte der Peiniger dies Loch, so verhielt er sich mäuschenstill und war mit offenem Munde eifrig beflissen, das Loch mit seinen Nägeln zu vergrößern und dem Ursprung der Kleie nachzuspüren. Seine Stille erschien dem armen Mädchen höchst verdächtig, und es drängte sich herzu und musste mit Schrecken sein böses Beginnen gewahren. »Sieh mal!«, rief er und schlenkerte ihr das Bein vor der Nase herum, dass ihr die Kleie ins Gesicht flog, und wie sie darnach langen wollte und schrie und flehte, sprang er wieder fort und ruhte nicht eher, bis das ganze Bein dürr und leer herabhing als eine traurige Hülse. Dann warf er das misshandelte Spielzeug hin und stellte sich höchst frech und gleichgültig, als die Kleine sich weinend auf die Puppe warf und dieselbe in ihre Schürze hüllte. Sie nahm sie aber wieder hervor und betrachtete wehselig die Ärmste, und als sie das Bein sah, fing sie abermals an laut zu weinen, denn dasselbe hing an dem Rumpfe nicht anders denn das Schwänzchen an einem Molche. Als sie gar so unbändig weinte, ward es dem Missetäter endlich etwas übel zumut, und er stand in Angst und Reue vor der Klagenden, und als sie dies merkte, hörte sie plötzlich auf und schlug ihn einige Mal mit der Puppe, und er tat, als ob es ihm weh täte, und schrie au! so natürlich, dass sie zufrieden war und nun mit ihm gemeinschaftlich die Zerstörung und Zerlegung fortsetzte. Sie bohrten Loch auf Loch in den Marterleib und ließen aller Enden die Kleie entströmen, welche sie sorgfältig auf einem flachen Steine zu einem Häufchen sammelten, umrührten und aufmerksam betrachteten. Das einzige Feste, was noch an der Puppe bestand, war der Kopf und musste jetzt vorzüglich die Aufmerksamkeit der Kinder erregen;

sie trennten ihn sorgfältig los von dem ausgequetschten Leichnam und guckten erstaunt in sein hohles Innere. Als sie die bedenkliche Höhlung sahen und auch die Kleie sahen, war es der nächste und natürlichste Gedankensprung, den Kopf mit der Kleie auszufüllen, und so waren die Fingerchen der Kinder nun beschäftigt, um die Wette Kleie in den Kopf zu tun, sodass zum ersten Mal in seinem Leben etwas in ihm steckte. Der Knabe mochte es aber immer noch für ein totes Wissen halten, weil er plötzlich eine große blaue Fliege fing und, die summende zwischen beiden hohlen Händen haltend, dem Mädchen gebot, den Kopf von der Kleie zu entleeren. Hierauf wurde die Fliege hineingesperrt und das Loch mit Gras verstopft. Die Kinder hielten den Kopf an die Ohren und setzten ihn dann feierlich auf einen Stein; da er noch mit der roten Mohnblume bedeckt war, so glich der Tönende jetzt einem weissagenden Haupte, und die Kinder lauschten in tiefer Stille seinen Kunden und Märchen, indessen sie sich umschlungen hielten. Aber jeder Prophet erweckt Schrecken und Undank; das wenige Leben in dem dürftig geformten Bilde erregte die menschliche Grausamkeit in den Kindern, und es wurde beschlossen, das Haupt zu begraben. So machten sie ein Grab und legten den Kopf, ohne die gefangene Fliege um ihre Meinung zu befragen, hinein und errichteten über dem Grabe ein ansehnliches Denkmal von Feldsteinen. Dann empfanden sie einiges Grauen, da sie etwas Geformtes und Belebtes begraben hatten, und entfernten sich ein gutes Stück von der unheimlichen Stätte. Auf einem ganz mit grünen Kräutern bedeckten Plätzchen legte sich das Dirnchen auf den Rücken, da es müde war, und begann in eintöniger Weise einige Worte zu singen, immer die nämlichen, und der Junge kauerte daneben und half, indem er nicht wusste, ob er auch vollends umfallen solle, so lässig und müßig war er. Die Sonne schien dem singenden Mädchen in den geöffneten Mund, beleuchtete dessen blendendweiße Zähnchen und durchschimmerte die runden Purpurlippen. Der Knabe sah die Zähne, und dem Mädchen den Kopf haltend und dessen Zähnchen neugierig untersuchend, rief er:

»Rate, wie viele Zähne hat man?« Das Mädchen besann sich einen Augenblick, als ob es reiflich nachzählte, und sagte dann auf Geratewohl: »Hundert!« »Nein, zweiunddreißig!«, rief er, »wart, ich will einmal zählen!« Da zählte er die Zähne des Kindes, und weil er nicht zweiunddreißig herausbrachte, so fing er immer wieder von neuem an. Das Mädchen hielt lange still, als aber der eifrige Zähler nicht zu Ende kam, raffte es sich auf und rief: »Nun will ich deine zählen!« Nun legte sich der Bursche hin ins Kraut, das Mädchen über ihn, umschlang seinen Kopf, er sperrte das Maul auf, und es zählte: Eins, zwei, sieben, fünf, zwei, eins; denn die kleine Schöne konnte noch nicht zählen. Der Junge verbesserte sie und gab ihr Anweisung, wie sie zählen solle, und so fing auch sie unzählige Mal von neuem an, und das Spiel schien ihnen am besten zu gefallen von allem, was sie heut unternommen. Endlich aber sank das Mädchen ganz auf den kleinen Rechenmeister nieder und die Kinder schliefen ein in der hellen Mittagssonne.

Inzwischen hatten die Väter ihre Äcker fertig gepflügt und in frischduftende braune Fläche umgewandelt. Als nun, mit der letzten Furche zu Ende gekommen, der Knecht des einen halten wollte, rief sein Meister: »Was hältst du? Kehr noch einmal um!« »Wir sind ja fertig!«, sagte der Knecht. »Halt's Maul und tu, wie ich dir sage!«, der Meister. Und sie kehrten um und rissen eine tüchtige Furche in den mittlern herrenlosen Acker hinein, dass Kraut und Steine flogen. Der Bauer hielt sich aber nicht mit der Beseitigung derselben auf, er mochte denken, hiezu sei noch Zeit genug vorhanden, und er begnügte sich, für heute die Sache nur aus dem Gröbsten zu tun. So ging es rasch die Höhe empor in sanftem Bogen, und als man oben angelangt und das liebliche Windeswehen eben wieder den Kappenzipfel des Mannes zurückwarf, pflügte auf der anderen Seite der Nachbar vorüber, mit dem Zipfel nach vorn, und schnitt ebenfalls eine ansehnliche Furche vom mittlern Acker, dass die Schollen nur so zur Seite flogen. Jeder sah wohl, was der andere tat, aber keiner schien es zu sehen, und sie entschwanden sich wieder, indem jedes Sternbild still am andern vorüberging und hinter diese runde Welt hinabtauchte. So gehen die Weberschiffchen des Geschickes aneinander vorbei und »was er webt, das weiß kein Weber!«

Es kam eine Ernte um die andere, und jede sah die Kinder größer und schöner und den herrenlosen Acker schmäler zwischen seinen breitgewordenen Nachbaren. Mit jedem Pflügen verlor er hüben und drüben eine Furche, ohne dass ein Wort darüber gesprochen worden wäre und ohne dass ein Menschenauge den Frevel zu sehen schien. Die Steine wurden immer mehr zusammengedrängt und bildeten schon einen ordentlichen Grat auf der ganzen Länge des Ackers, und das wilde Gesträuch darauf war schon so hoch, dass die Kinder, obgleich sie gewachsen waren, sich nicht mehr sehen konnten, wenn eines dies- und das andere jenseits ging. Denn sie gingen nun nicht mehr gemeinschaftlich auf das Feld, da der zehnjährige Salomon oder Sali, wie er genannt wurde, sich schon wacker auf Seite der größeren Burschen und der Männer hielt; und das braune Vrenchen, obgleich es ein feuriges Dirnchen war, musste bereits unter der Obhut seines Geschlechts gehen, sonst wäre es von den andern als ein Bubenmädchen ausgelacht worden. Dennoch nahmen sie während jeder Ernte, wenn alles auf den Äckern war, einmal Gelegenheit, den wilden Steinkamm, der sie trennte, zu besteigen und sich gegenseitig von demselben herunterzustoßen. Wenn sie auch sonst keinen Verkehr mehr miteinander hatten, so schien diese jährliche Zeremonie um so sorglicher gewahrt zu werden, als sonst nirgends die Felder ihrer Väter zusammenstießen.

Indessen sollte der Acker doch endlich verkauft und der Erlös einstweilen amtlich aufgehoben werden. Die Versteigerung fand an Ort und Stelle statt, wo sich aber nur einige Gaffer einfanden außer den Bauern Manz und Marti, da niemand Lust hatte, das seltsame Stückchen zu erstehen und zwischen den zwei Nachbaren zu bebauen. Denn obgleich diese zu den besten Bauern des Dorfes gehörten und nichts weiter getan hatten, als was zwei

Drittel der Übrigen unter diesen Umständen auch getan haben würden, so sah man sie doch jetzt stillschweigend darum an und niemand wollte zwischen ihnen eingeklemmt sein mit dem geschmälerten Waisenfelde. Die meisten Menschen sind fähig oder bereit, ein in den Lüften umgehendes Unrecht zu verüben, wenn sie mit der Nase darauf stoßen; sowie es aber von einem begangen ist, sind die Übrigen froh, dass sie es doch nicht gewesen sind, dass die Versuchung nicht sie betroffen hat, und sie machen nun den Auserwählten zu dem Schlechtigkeitsmesser ihrer Eigenschaften und behandeln ihn mit zarter Scheu als einen Ableiter des Übels, der von den Göttern gezeichnet ist, während ihnen zugleich noch der Mund wässert nach den Vorteilen, die er dabei genossen. Manz und Marti waren also die Einzigen, welche ernstlich auf den Acker boten; nach einem ziemlich hartnäckigen Überbieten erstand ihn Manz, und er wurde ihm zugeschlagen. Die Beamten und die Gaffer verloren sich vom Felde; die beiden Bauern, welche sich auf ihren Äckern noch zu schaffen gemacht, trafen beim Weggehen wieder zusammen und Marti sagte: »Du wirst nun dein Land, das alte und das neue, wohl zusammenschlagen und in zwei gleiche Stücke teilen? Ich hätte es wenigstens so gemacht, wenn ich das Ding bekommen hätte.« »Ich werde es allerdings auch tun«, antwortete Manz, »denn als *ein* Acker würde mir das Stück zu groß sein. Doch was ich sagen wollte: Ich habe bemerkt, dass du neulich noch am untern Ende dieses Ackers, der jetzt mir gehört, schräg hineingefahren bist und ein gutes Dreieck abgeschnitten hast. Du hast es vielleicht getan in der Meinung, du werdest das ganze Stück an dich bringen und es sei dann sowieso dein. Da es nun aber mir gehört, so wirst du wohl einsehen, dass ich eine solche ungehörige Einkrümmung nicht brauchen noch dulden kann, und wirst nichts dagegen haben, wenn ich den Strich wieder grad mache! Streit wird das nicht abgeben sollen!«

Marti erwiderte ebenso kaltblütig als ihn Manz angeredet hatte: »Ich sehe auch nicht, wo Streit herkommen soll! Ich denke, du hast den Acker gekauft, wie er da ist, wir haben ihn alle gemeinschaftlich besehen, und er hat sich seit einer Stunde nicht um ein Haar verändert!«

»Larifari!«, sagte Manz, »was früher geschehen, wollen wir nicht aufrühren! Was aber zu viel ist, ist zu viel, und alles muss zuletzt eine ordentliche grade Art haben; diese drei Äcker sind von jeher so grade nebeneinander gelegen, wie nach dem Richtscheit gezeichnet; es ist ein ganz absonderlicher Spaß von dir, wenn du nun einen solchen lächerlichen und unvernünftigen Schnörkel dazwischen bringen willst, und wir beide würden einen Übernamen bekommen, wenn wir den krummen Zipfel da bestehen ließen. Er muss durchaus weg!«

Marti lachte und sagte: »Du hast ja auf einmal eine merkwürdige Furcht vor dem Gespötte der Leute! Das lässt sich aber ja wohl machen; mich geniert das Krumme gar nicht; ärgert es dich, gut, so machen wir es grad, aber nicht auf meiner Seite, das geb ich dir schriftlich, wenn du willst!«

»Rede doch nicht so spaßhaft«, sagte Manz, »es wird wohl grad gemacht, und zwar auf deiner Seite, darauf kannst du Gift nehmen!«

»Das werden wir ja sehen und erleben!«, sagte Marti, und beide Männer gingen auseinander, ohne sich weiter anzublicken; vielmehr starrten sie nach verschiedener Richtung ins Blaue hinaus, als ob sie da Wunder was für Merkwürdigkeiten im Auge hätten, die sie betrachten müssten mit Aufbietung aller ihrer Geisteskräfte.

Schon am nächsten Tage schickte Manz einen Dienstbuben, ein Tagelöhnermädchen und sein eigenes Söhnchen Sali auf den Acker hinaus, um das wilde Unkraut und Gestrüpp auszureuten und auf Haufen zu bringen, damit nachher die Steine umso bequemer weggefahren werden könnten. Dies war eine Änderung in seinem Wesen, dass er den kaum elfjährigen Jungen, der noch zu keiner Arbeit angehalten worden, nun mit hinaussandte, gegen die Einsprache der Mutter. Es schien, da er es mit ernsthaften und gesalbten Worten tat, als ob er mit dieser Arbeitsstrenge gegen sein eigenes Blut das Unrecht betäuben wollte, in dem er lebte und welches nun begann seine Folgen ruhig zu entfalten. Das ausgesandte Völklein jätete inzwischen lustig an dem Unkraut und hackte mit Vergnügen an den wunderlichen Stauden und Pflanzen allerart, die da seit Jahren wucherten. Denn da es eine außerordentliche, gleichsam wilde Arbeit war, bei der keine Regel und keine Sorgfalt erheischt wurde, so galt sie als eine Lust. Das wilde Zeug, an der Sonne gedörrt, wurde aufgehäuft und mit großem Jubel verbrannt, dass der Qualm weithin sich verbreitete und die jungen Leutchen darin herumsprangen wie besessen. Dies war das letzte Freudenfest auf dem Unglücksfelde, und das junge Vrenchen, Martis Tochter, kam auch hinausgeschlichen und half tapfer mit. Das Ungewöhnliche dieser Begebenheit und die lustige Aufregung gaben einen guten Anlass, sich seinem kleinen Jugendgespielen wieder einmal zu nähern, und die Kinder waren recht glücklich und munter bei ihrem Feuer. Es kamen noch andere Kinder hinzu, und es sammelte sich eine ganze vergnügte Gesellschaft; doch immer, sobald sie getrennt wurden, suchte Sali alsobald wieder neben Vrenchen zu gelangen, und dieses wusste desgleichen immer vergnügt lächelnd zu ihm zu schlüpfen, und es war beiden Kreaturen, wie wenn dieser herrliche Tag nie enden müsste und könnte. Doch der alte Manz kam gegen Abend herbei, um zu sehen, was sie ausgerichtet, und obgleich sie fertig waren, so schalt er doch ob dieser Lustbarkeit und scheuchte die Gesellschaft auseinander. Zugleich zeigte sich Marti auf seinem Grund und Boden und, seine Tochter gewahrend, pfiff er derselben schrill und gebieterisch durch den Finger, dass sie erschrocken hineilte, und er gab ihr, ohne zu wissen warum, einige Ohrfeigen, also dass beide Kinder in großer Traurigkeit und weinend nach Hause gingen, und sie wussten jetzt eigentlich so wenig, warum sie so traurig waren, als warum sie vorhin so vergnügt gewesen; denn die Rauheit der Väter, an sich ziemlich neu, war von den arglosen Geschöpfen noch nicht begriffen und konnte sie nicht tiefer bewegen.

Die nächsten Tage war es schon eine härtere Arbeit, zu welcher Mannsleute gehörten, als Manz die Steine aufnehmen und wegfahren ließ. Es wollte kein Ende nehmen und alle Steine der Welt schienen da beisammen zu sein. Er ließ sie aber nicht ganz vom Felde wegbringen, sondern jede Fuhre auf jenem streitigen Dreiecke abwerfen, welches von Marti schon säuberlich umgepflügt war. Er hatte vorher einen graden Strich gezogen als Grenzscheide und belastete nun dies Fleckchen Erde mit allen Steinen, welche beide Männer seit unvordenklichen Zeiten herübergeworfen, so dass eine gewaltige Pyramide entstand, die wegzubringen sein Gegner bleiben lassen würde, dachte er. Marti hatte dies am wenigsten erwartet; er glaubte, der andere werde nach alter Weise mit dem Pfluge zu Werke gehen wollen, und hatte daher abgewartet, bis er ihn als Pflüger ausziehen sähe. Erst als die Sache schon beinahe fertig, hörte er von dem schönen Denkmal, welches Manz da errichtet, rannte voll Wut hinaus, sah die Bescherung, rannte zurück und holte den Gemeindeammann, um vorläufig gegen den Steinhaufen zu protestieren und den Fleck gerichtlich in Beschlag nehmen zu lassen, und von diesem Tage an lagen die zwei Bauern im Prozess miteinander und ruhten nicht, ehe sie beide zugrunde gerichtet waren.

Die Gedanken der sonst so wohlweisen Männer waren nun so kurz geschnitten wie Häcksel; der beschränkteste Rechtssinn von der Welt erfüllte jeden von ihnen, indem keiner begreifen konnte noch wollte, wie der andere so offenbar unrechtmäßig und willkürlich den fraglichen unbedeutenden Ackerzipfel an sich reißen könne. Bei Manz kam noch ein wunderbarer Sinn für Symmetrie und parallele Linien hinzu, und er fühlte sich wahrhaft gekränkt durch den aberwitzigen Eigensinn, mit welchem Marti auf dem Dasein des unsinnigsten und mutwilligsten Schnörkels beharrte. Beide aber trafen zusammen in der Überzeugung, dass der andere, den andern so frech und plump übervorteilend, ihn notwendig für einen verächtlichen Dummkopf halten müsse, da man dergleichen etwa einem armen haltlosen Teufel, nicht aber einem aufrechten, klugen und wehrhaften Manne gegenüber sich erlauben könne, und jeder sah sich in seiner wunderlichen Ehre gekränkt und gab sich rückhaltlos der

Leidenschaft des Streites und dem daraus erfolgenden Verfalle hin, und ihr Leben glich fortan der träumerischen Qual zweier Verdammten, welche, auf einem schmalen Brette einen dunklen Strom hinabtreibend, sich befehden, in die Luft hauen und sich selber anpacken und vernichten, in der Meinung, sie hätten ihr Unglück gefasst. Da sie eine faule Sache hatten, so gerieten beide in die allerschlimmsten Hände von Tausendkünstlern, welche ihre verdorbene Phantasie auftrieben zu ungeheuren Blasen, die mit den nichtsnutzigsten Dingen angefüllt wurden. Vorzüglich waren es die Spekulanten aus der Stadt Seldwyla, welchen dieser Handel ein gefundenes Essen war, und bald hatte jeder der Streitenden einen Anhang von Unterhändlern, Zuträgern und Ratgebern hinter sich, die alles bare Geld auf hundert Wegen abzuziehen wussten. Denn das Fleckchen Erde mit dem Steinhaufen darüber, auf welchem bereits wieder ein Wald von Nesseln und Disteln blühte, war nur noch der erste Keim oder der Grundstein einer verworrenen Geschichte und Lebensweise, in welcher die zwei Fünfzigjährigen noch neue Gewohnheiten und Sitten, Grundsätze und Hoffnungen annahmen, als sie bisher geübt. Je mehr Geld sie verloren, desto sehnsüchtiger wünschten sie welches zu haben, und je weniger sie besaßen, desto hartnäckiger dachten sie, reich zu werden und es dem Andern zuvorzutun. Sie ließen sich zu jedem Schwindel verleiten und setzten auch jahraus, jahrein in alle fremden Lotterien, deren Lose massenhaft in Seldwyla zirkulierten. Aber nie bekamen sie einen Taler Gewinn zu Gesicht, sondern hörten nur immer vom Gewinnen anderer Leute und wie sie selbst beinahe gewonnen hätten, indessen diese Leidenschaft ein regelmäßiger Geldabfluss für sie war. Bisweilen machten sich die Seldwyler den Spaß, beide Bauern, ohne ihr Wissen, am gleichen Lose teilnehmen zu lassen, so dass beide die Hoffnung auf Unterdrückung und Vernichtung des andern auf ein und dasselbe Los setzten. Sie brachten die Hälfte ihrer Zeit in der Stadt zu, wo jeder in einer Spelunke sein Hauptquartier hatte, sich den Kopf heißmachen und zu den lächerlichsten Ausgaben und einem elenden und ungeschickten

Schlemmen verleiten ließ, bei welchem ihm heimlich doch selber das Herz blutete, also dass beide, welche eigentlich nur in diesem Hader lebten, um für keine Dummköpfe zu gelten, nun solche von der besten Sorte darstellten und von jedermann dafür angesehen wurden. Die andere Hälfte der Zeit lagen sie verdrossen zu Hause oder gingen ihrer Arbeit nach, wobei sie dann durch ein tolles böses Überhasten und Antreiben das Versäumte einzuholen suchten und damit jeden ordentlichen und zuverlässigen Arbeiter verscheuchten. So ging es gewaltig rückwärts mit ihnen, und ehe zehn Jahre vorüber, steckten sie beide von Grund aus in Schulden und standen wie die Störche auf einem Beine auf der Schwelle ihrer Besitztümer, von der jeder Lufthauch sie herunterwehte. Aber wie es ihnen auch erging, der Hass zwischen ihnen wurde täglich größer, da jeder den andern als den Urheber seines Unsterns betrachtete, als seinen Erbfeind und ganz unvernünftigen Widersacher, den der Teufel absichtlich in die Welt gesetzt habe, um ihn zu verderben. Sie spieen aus, wenn sie sich nur von weitem sahen; kein Glied ihres Hauses durfte mit Frau, Kind oder Gesinde des andern ein Wort sprechen, bei Vermeidung der gröbsten Misshandlung. Ihre Weiber verhielten sich verschieden bei dieser Verarmung und Verschlechterung des ganzen Wesens. Die Frau des Marti, welche von guter Art war, hielt den Verfall nicht aus, härmte sich ab und starb, ehe ihre Tochter vierzehn Jahre alt war. Die Frau des Manz hingegen bequemte sich der veränderten Lebensweise an, und um sich als eine schlechte Genossin zu entfalten, hatte sie nichts zu tun als einigen weiblichen Fehlern, die ihr von jeher angehaftet, den Zügel schießen zu lassen und dieselben zu Lastern auszubilden. Ihre Naschhaftigkeit wurde zu wilder Begehrlichkeit, ihre Zungenfertigkeit zu einem grundfalschen und verlogenen Schmeichel- und Verleumdungswesen, mit welchem sie jeden Augenblick das Gegenteil von dem sagte, was sie dachte, alles hintereinander hetzte und ihrem eigenen Manne ein X für ein U vormachte; ihre ursprüngliche Offenheit, mit der sie sich der unschuldigeren Plauderei erfreut, ward nun zur abgehärteten Schamlosigkeit, mit der sie jenes falsche

Wesen betrieb, und so, statt unter ihrem Manne zu leiden, drehte sie ihm eine Nase; wenn er es arg trieb, so machte sie es bunt, ließ sich nichts abgehen und gedieh zu der dicksten Blüte einer Vorsteherin des zerfallenden Hauses.

So war es nun schlimm bestellt um die armen Kinder, welche weder eine gute Hoffnung für ihre Zukunft fassen konnten noch sich auch nur einer lieblich frohen Jugend erfreuten, da überall nichts als Zank und Sorge war. Vrenchen hatte anscheinend einen schlimmern Stand als Sali, da seine Mutter tot und es einsam in einem wüsten Hause der Tyrannei eines verwilderten Vaters anheimgegeben war. Als es sechszehn Jahre zählte, war es schon ein schlank gewachsenes, ziervolles Mädchen; seine dunkelbraunen Haare ringelten sich unablässig fast bis über die blitzenden braunen Augen, dunkelrotes Blut durchschimmerte die Wangen des bräunlichen Gesichtes und glänzte als tiefer Purpur auf den frischen Lippen, wie man es selten sah und was dem dunklen Kinde ein eigentümliches Ansehen und Kennzeichen gab. Feurige Lebenslust und Fröhlichkeit zitterte in jeder Fiber dieses Wesens; es lachte und war aufgelegt zu Scherz und Spiel, wenn das Wetter nur im mindesten lieblich war, d. h. wenn es nicht zu sehr gequält wurde und nicht zu viel Sorgen ausstand. Diese plagten es aber häufig genug; denn nicht nur hatte es den Kummer und das wachsende Elend des Hauses mit zu tragen, sondern es musste noch sich selber in Acht nehmen und mochte sich gern halbwegs ordentlich und reinlich kleiden, ohne dass der Vater ihm die geringsten Mittel dazu geben wollte. So hatte Vrenchen die größte Not, ihre anmutige Person einigermaßen auszustaffieren, sich ein allerbescheidenstes Sonntagskleid zu erobern und einige bunte, fast wertlose Halstüchelchen zusammenzuhalten. Darum war das schöne wohlgemute junge Blut in jeder Weise gedemütigt und gehemmt und konnte am wenigsten der Hoffart anheimfallen. Überdies hatte es bei schon erwachendem Verstande das Leiden und den Tod seiner Mutter gesehen, und dies Andenken war ein weiterer Zügel, der seinem lustigen und feurigen Wesen angelegt war, sodass es nun höchst lieblich, unbedenklich und rührend sich ansah, wenn trotz alledem das gute Kind bei jedem Sonnenblick sich ermunterte und zum Lächeln bereit war.

Sali erging es nicht so hart auf den ersten Anschein; denn er war nun ein hübscher und kräftiger junger Bursche, der sich zu wehren wusste und dessen äußere Haltung wenigstens eine schlechte Behandlung von selbst unzulässig machte. Er sah wohl die üble Wirtschaft seiner Eltern und glaubte sich erinnern zu können, dass es einst nicht so gewesen; ja er bewahrte noch das frühere Bild seines Vaters wohl in seinem Gedächtnisse als eines festen, klugen und ruhigen Bauers, desselben Mannes, den er jetzt als einen grauen Narren, Händelführer und Müßiggänger vor sich sah, der mit Toben und Prahlen auf hundert törichten und verfänglichen Wegen wandelte und mit jeder Stunde rückwärts ruderte wie ein Krebs. Wenn ihm nun dies missfiel und ihn oft mit Scham und Kummer erfüllte, während es seiner Unerfahrenheit nicht klar war, wie die Dinge so gekommen, so wurden seine Sorgen wieder betäubt durch die Schmeichelei, mit der ihn die Mutter behandelte. Denn um in ihrem Unwesen ungestörter zu sein und einen guten Parteigänger zu haben, auch um ihrer Großtuerei zu genügen, ließ sie ihm zukommen, was er wünschte, kleidete ihn sauber und prahlerisch und unterstützte ihn in allem, was er zu seinem Vergnügen vornahm. Er ließ sich dies gefallen ohne viel Dankbarkeit, da ihm die Mutter viel zu viel dazu schwatzte und log; und indem er so wenig Freude daran empfand, tat er lässig und gedankenlos, was ihm gefiel, ohne dass dies jedoch etwas Übles war, weil er für jetzt noch unbeschädigt war von dem Beispiele der Alten und das jugendliche Bedürfnis fühlte, im Ganzen einfach, ruhig und leidlich tüchtig zu sein. Er war ziemlich genau so, wie sein Vater in diesem Alter gewesen war, und dieses flößte demselben eine unwillkürliche Achtung vor dem Sohne ein, in welchem er mit verwirrtem Gewissen und gepeinigter Erinnerung seine eigene Jugend achtete. Trotz dieser Freiheit, welche Sali genoss, ward er seines Lebens doch nicht froh und fühlte wohl, wie er nichts Rechtes vor sich hatte und ebensowenig etwas Rechtes lernte, da von einem zusammenhängenden und vernunftgemäßen Arbeiten in Manzens Hause längst nicht mehr die Rede war. Sein bester Trost war daher, stolz auf seine Unabhängigkeit und einstweilige Unbescholtenheit zu sein, und in diesem Stolze ließ er die Tage trotzig verstreichen und wandte die Augen von der Zukunft ab.

Der einzige Zwang, dem er unterworfen, war die Feindschaft seines Vaters gegen alles, was Marti hieß und an diesen erinnerte. Doch wusste er nichts anderes, als dass Marti seinem Vater Schaden zugefügt und dass man in dessen Hause ebenso feindlich gesinnt sei, und es fiel ihm daher nicht schwer, weder den Marti noch seine Tochter anzusehen und seinerseits auch einen angehenden, doch ziemlich zahmen Feind vorzustellen. Vrenchen hingegen, welches mehr erdulden musste als Sali und in seinem Hause viel verlassener war, fühlte sich weniger zu einer förmlichen Feindschaft aufgelegt und glaubte sich nur verachtet von dem wohlgekleideten und scheinbar glücklicheren Sali; deshalb verbarg sie sich vor ihm, und wenn er irgendwo nur in der Nähe war, so entfernte sie sich eilig, ohne dass er sich die Mühe gab, ihr nachzublicken. So kam es, dass er das Mädchen schon seit ein paar Jahren nicht mehr in der Nähe gesehen und gar nicht wusste, wie es aussah, seit es herangewachsen. Und doch wunderte es ihn zuweilen ganz gewaltig, und wenn überhaupt von den Martis gesprochen wurde, so dachte er unwillkürlich nur an die Tochter, deren jetziges Aussehen ihm nicht deutlich und deren Andenken ihm gar nicht verhasst war.

Doch war sein Vater Manz nun der Erste von den beiden Feinden, der sich nicht mehr halten konnte und von Haus und Hof springen musste. Dieser Vortritt rührte daher, dass er eine Frau besaß, die ihm geholfen, und einen Sohn, der doch auch einiges mit brauchte, während Marti der einzige Verzehrer war in seinem wackeligen Königreich, und seine Tochter durfte wohl arbeiten wie ein Haustierchen, aber nichts gebrauchen. Manz aber wusste nichts anderes anzufangen, als auf den Rat seiner Seldwyler Gönner in die Stadt zu ziehen und da sich als Wirt aufzutun. Es ist immer betrüblich anzusehen, wenn ein ehemaliger Landmann, der auf dem Felde alt geworden ist, mit den Trümmern seiner Habe in eine Stadt zieht und da eine Schenke oder Kneipe auftut, um als letzten Rettungsanker den freundlichen und gewandten Wirt zu machen, während es ihm nichts weniger als freundlich zumut ist. Als die Manzen vom Hofe zogen, sah man erst, wie arm sie bereits waren; denn sie luden lauter alten und zerfallenden Hausrat auf, dem man es ansah, dass seit vielen Jahren nichts erneuert und angeschafft worden war. Die Frau legte aber nichtsdestominder ihren besten Staat an, als sie sich oben auf die Gerümpelfuhre setzte, und machte ein Gesicht voller Hoffnungen, als künftige Stadtfrau schon mit Verachtung auf die Dorfgenossen herabsehend, welche voll Mitleid hinter den Hecken hervor dem bedenklichen Zuge zuschauten. Denn sie nahm sich vor, mit ihrer Liebenswürdigkeit und Klugheit die ganze Stadt zu bezaubern, und was ihr versimpelter Mann nicht machen könne, das wolle sie schon ausrichten, wenn sie nur erst einmal als Frau Wirtin in einem stattlichen Gasthofe säße. Dieser Gasthof bestand aber in einer trübseligen Winkelschenke in einem abgelegenen schmalen Gässchen, auf der eben ein anderer zugrunde gegangen war und welche die Seldwyler dem Manz verpachteten, da er noch einige hundert Taler einzuziehen hatte. Sie verkauften ihm auch ein paar Fässchen angemachten Weines und das Wirtschaftsmobiliar, das aus einem Dutzend weißen geringen Flaschen, ebenso viel Gläsern und einigen tannenen Tischen und Bänken bestand, welche einst blutrot angestrichen gewesen und jetzt vielfältig abgescheuert waren. Vor dem Fenster knarrte ein eiserner Reifen in einem Haken, und in dem Reifen schenkte eine blecherne Hand Rotwein aus einem Schöppchen in ein Glas. Überdies hing ein verdorrter Busch von Stechpalme über der Haustüre, was Manz alles mit in die Pacht bekam. Um deswillen war er nicht so wohlgemut wie seine Frau, sondern trieb mit schlimmer Ahnung und voll Ingrimm die mageren Pferde an, welche er vom neuen Bauern geliehen. Das letzte schäbige Knechtchen, das er gehabt, hatte ihn schon seit einigen Wochen verlassen. Als er solcherweise abfuhr, sah er wohl, wie Marti voll Hohn und Schadenfreude sich unfern der Straße zu schaffen machte, fluchte ihm und hielt denselben für den alleinigen Urheber seines Unglückes. Sali aber, sobald das Fuhrwerk im Gange war, beschleunigte seine Schritte, eilte voraus und ging allein auf Seitenwegen nach der Stadt.

»Da wären wir!«, sagte Manz, als die Fuhre vor dem Spelunkelein anhielt. Die Frau erschrak darüber, denn das war in der Tat ein trauriger Gasthof. Die Leute traten eilfertig unter die Fenster und vor die Häuser, um sich den neuen Bauernwirt anzusehen, und machten mit ihrer Seldwyler Überlegenheit mitleidig spöttische Gesichter. Zornig und mit nassen Augen kletterte die Manzin vom Wagen herunter und lief, ihre Zunge vorläufig wetzend, in das Haus, um sich heute vornehm nicht wieder blicken zu lassen; denn sie schämte sich des schlechten Gerätes und der verdorbenen Betten, welche nun abgeladen wurden. Sali schämte sich auch, aber er musste helfen und machte mit seinem Vater einen seltsamen Verlag in dem Gässchen, auf welchem alsbald die Kinder der Falliten herumsprangen und sich über das verlumpete Bauernpack lustig machten. Im Hause aber sah es noch trübseliger aus, und es glich einer vollkommenen Räuberhöhle. Die Wände waren schlecht geweißtes feuchtes Mauerwerk, außer der dunklen unfreundlichen Gaststube mit ihren ehemals blutroten Tischen waren nur noch ein paar schlechte Kämmerchen da, und überall hatte der ausgezogene Vorgänger den trostlosesten Schmutz und Kehricht zurückgelassen.

So war der Anfang, und so ging es auch fort. Während der ersten Woche kamen, besonders am Abend, wohl hin und wieder ein Tisch voll Leute aus Neugierde, den Bauernwirt zu sehen und ob es da vielleicht einigen Spaß absetzte. Am Wirt hatten sie nicht viel zu betrachten, denn Manz war ungelenk, starr, unfreundlich und melancholisch und wusste sich gar nicht zu benehmen, wollte es auch nicht wissen. Er füllte langsam und ungeschickt die Schöppchen, stellte sie mürrisch vor die Gäste und versuchte etwas zu sagen, brachte aber nichts heraus. Desto eifriger warf sich nun seine Frau ins Geschirr und hielt die Leute wirklich einige Tage zusammen, aber in einem ganz andern Sinne, als sie meinte. Die ziemlich dicke Frau hatte sich eine eigene Haustracht zusammengesetzt, in der sie unwiderstehlich zu sein glaubte. Zu einem leinenen ungefärbten Landrock trug sie einen alten grünseidenen Spenser, eine baumwollene Schürze und einen schlimmen weißen Halskragen. Von ihrem nicht mehr dichten Haar hatte sie an den Schläfen possierliche Schnecken gewickelt und in das Zöpfchen hinten einen hohen Kamm gesteckt. So schwänzelte und tänzelte sie mit angestrengter Anmut herum, spitzte lächerlich das Maul, dass es süß aussehen sollte, hüpfte elastisch an die Tische hin, und das Glas oder den Teller mit gesalzenem Käse hinsetzend, sagte sie lächelnd: »So, so? so, soli! herrlich, herrlich, ihr Herren!« und solches dummes Zeug mehr; denn obwohl sie sonst eine geschliffene Zunge hatte, so wusste sie jetzt doch nichts Gescheites vorzubringen, da sie fremd war und die Leute nicht kannte. Die Seldwyler von der schlechtesten Sorte, die da hockten, hielten die Hand vor den Mund, wollten vor Lachen ersticken, stießen sich unter dem Tisch mit den Füßen und sagten: »Potz tausig! das ist ja eine Herrliche!« »Eine Himmlische!«, sagte ein anderer, »beim ewigen Hagel! es ist der Mühe wert, hierherzukommen, so eine haben wir lang nicht gesehen!« Ihr Mann bemerkte das wohl mit finsterm Blicke; er gab ihr einen Stoß in die Rippen und flüsterte: »Du alte Kuh! Was machst du denn?« »Störe mich nicht«, sagte sie unwillig, »du alter Tolpatsch! siehst du nicht, wie ich mir Mühe gebe und mit den Leuten umzugehen weiß? Das sind aber nur Lumpen von deinem Anhang! Lass mich nur machen, ich will bald fürnehmere Kundschaft hier haben!« Dies alles war beleuchtet von einem oder zwei dünnen Talglichten; Sali, der Sohn, aber ging hinaus in die dunkle Küche, setzte sich auf den Herd und weinte über Vater und Mutter.

Die Gäste hatten aber das Schauspiel bald satt, welches ihnen die gute Frau Manz gewährte, und blieben wieder, wo es ihnen wohler war und sie über die wunderliche Wirtschaft lachen konnten; nur dann und wann erschien ein Einzelner, der ein Glas trank und die Wände angähnte, oder es kam ausnahmsweise eine ganze Bande, die armen Leute mit einem vorübergehenden Trubel und Lärm zu täuschen. Es ward ihnen angst und bange in dem engen Mauerwinkel, wo sie kaum die Sonne sahen, und Manz, welcher sonst gewohnt war, tagelang in der Stadt zu liegen, fand es jetzt unerträglich zwischen diesen Mauern. Wenn er an die freie Weite der Felder dachte, so stierte er finster brütend an die Decke oder auf den Boden, lief unter die enge Haustüre und wieder zurück, da die Nachbaren den bösen Wirt, wie sie ihn schon nannten, angafften. Nun dauerte es aber nicht mehr lange und sie verarmten gänzlich und hatten gar nichts mehr in der Hand; sie mussten, um ewas zu essen, warten, bis einer kam und für wenig Geld etwas von dem noch vorhandenen Wein verzehrte, und wenn er eine Wurst oder dergleichen begehrte, so hatten sie oft die größte Angst und Sorge, dieselbe beizutreiben. Bald hatten sie auch den Wein nur noch in einer großen Flasche verborgen, die sie heimlich in einer anderen Kneipe füllen ließen, und so sollten sie nun die Wirte machen ohne Wein und Brot und freundlich sein, ohne ordentlich gegessen zu haben. Sie waren beinahe froh, wenn nur niemand kam, und hockten so in ihrem Kneipchen, ohne leben noch sterben zu können. Als die Frau diese traurigen Erfahrungen machte, zog sie den grünen Spenser wieder aus und nahm abermals eine Veränderung vor, indem sie nun, wie früher die Fehler, so nun einige weibliche Tugenden aufkommen ließ und mehr ausbildete, da Not an den Mann ging. Sie übte Geduld und suchte den Alten aufrecht zu halten und den Jungen zum Guten anzuweisen; sie opferte sich vielfältig in allerlei Dingen, kurz, sie übte in ihrer Weise eine Art von wohltätigem Einfluss, der zwar nicht weit reichte und nicht viel besserte, aber immerhin besser war als gar nichts oder als das Gegenteil und die Zeit wenigstens verbringen half, welche sonst viel früher hätte brechen müssen für diese Leute. Sie wusste manchen Rat zu geben nunmehr in erbärmlichen Dingen, nach ihrem Verstande, und wenn der Rat nichts zu taugen schien und fehlschlug, so ertrug sie willig den Grimm der Männer, kurzum, sie tat jetzt alles, da sie alt war, was besser gedient hätte, wenn sie es früher geübt.

Um wenigstens etwas Beißbares zu erwerben und die Zeit zu verbringen, verlegten sich Vater und Sohn auf die Fischerei, das heißt mit der Angelrute, soweit es für jeden erlaubt war, sie in den Fluss zu hängen. Dies war auch eine Hauptbeschäftigung der Seldwyler, nachdem sie falliert hatten. Bei günstigem Wetter, wenn die Fische gern anbissen, sah man sie dutzendweise hinauswandern mit Rute und Eimer, und wenn man an den Ufern des Flusses wandelte, hockte alle Spanne lang einer, der angelte, der eine in einem langen braunen Bürgerrock, die bloßen Füße im Wasser, der andere in einem spitzen blauen Frack auf einer alten Weide stehend, den alten Filz schief auf dem Ohre; weiterhin angelte gar einer im zerrissenen großblumigen Schlafrock, da er keinen andern mehr besaß, die lange Pfeife in der einen, die Rute in der anderen Hand, und wenn man um eine Krümmung des Flusses bog, stand ein alter kahlköpfiger Dickbauch faselnackt auf einem Stein und angelte; dieser hatte, trotz des Aufenthaltes am Wasser, so schwarze Füße, dass man glaubte, er habe die Stiefel anbehalten. Jeder hatte ein Töpfchen oder ein Schächtelchen neben sich, in welchem Regenwürmer wimmelten, nach denen sie zu andern Stunden zu graben pflegten. Wenn der Himmel mit Wolken bezogen und es ein schwüles dämmeriges Wetter war, welches Regen verkündete, so standen diese Gestalten am zahlreichsten an dem ziehenden Strome, regungslos gleich einer Galerie von Heiligen- oder Prophetenbildern. Achtlos zogen die Landleute mit Vieh und Wagen an ihnen vorüber, und die Schiffer auf dem Flusse sahen sie nicht an, während sie leise murrten über die störenden Schiffe.

Wenn man Manz vor zwölf Jahren, als er mit einem schönen Gespann pflügte auf dem Hügel über dem Ufer, geweissagt hätte, er würde sich einst zu diesen wunderlichen Heiligen gesellen und gleich ihnen Fische fangen, so wäre er nicht übel aufgefahren. Auch eilte er jetzt hastig an ihnen vorüber hinter ihren Rücken und eilte stromaufwärts gleich einem eigensinnigen Schatten der

Unterwelt, der sich zu seiner Verdammnis ein bequemes einsames Plätzchen sucht an den dunklen Wässern. Mit der Angelrute zu stehen hatten er und sein Sohn indessen keine Geduld und sie erinnerten sich der Art, wie die Bauern auf manche andere Weise etwa Fische fangen, wenn sie übermütig sind, besonders mit den Händen in den Bächen; daher nahmen sie die Ruten nur zum Schein mit und gingen an den Borden der Bäche hinauf, wo sie wussten, dass es teure und gute Forellen gab.

Dem auf dem Lande zurückgebliebenen Marti ging es inzwischen auch immer schlimmer, und es war ihm höchst langweilig dabei, sodass er, anstatt auf seinem vernachlässigten Felde zu arbeiten, ebenfalls auf das Fischen verfiel und tagelang im Wasser herumplätscherte. Vrenchen durfte nicht von seiner Seite und musste ihm Eimer und Gerät nachtragen durch nasse Wiesengründe, durch Bäche und Wassertümpel allerart, bei Regen und Sonnenschein, indessen sie das Notwendigste zu Hause liegen lassen musste. Denn es war sonst keine Seele mehr da und wurde auch keine gebraucht, da Marti das meiste Land schon verloren hatte und nur noch wenige Äcker besaß, die er mit seiner Tochter liederlich genug oder gar nicht bebaute.

So kam es, dass, als er eines Abends einen ziemlich tiefen und reißenden Bach entlang ging, in welchem die Forellen fleißig sprangen, da der Himmel voll Gewitterwolken hing, er unverhofft auf seinen Feind Manz traf, der an dem andern Ufer daherkam. Sobald er ihn sah, stieg ein schrecklicher Groll und Hohn in ihm auf; sie waren sich seit Jahren nicht so nahe gewesen, ausgenommen vor den Gerichtsschranken, wo sie nicht schelten durften, und Marti rief jetzt voll Grimm: »Was tust du hier, du Hund? Kannst du nicht in deinem Lotterneste bleiben, du Seldwyler Lumpenhund?«

»Wirst nächstens wohl auch ankommen, du Schelm!«, rief Manz. »Fische fängst du ja auch schon und wirst deshalb nicht viel mehr zu versäumen haben!«

»Schweig, du Galgenhund!«, schrie Marti, da hier die Wellen des Baches stärker rauschten, »du hast mich ins Unglück gebracht!« Und da jetzt auch die Weiden am Bache gewaltig zu rauschen anfingen im aufgehenden Wetterwind, so musste Manz noch lauter schreien: »Wenn dem nur so wäre, so wollte ich mich freuen, du elender Tropf!« »O du Hund!«, schrie Marti herüber und Manz hinüber: »O du Kalb, wie dumm tust du!« Und jener sprang wie ein Tiger den Bach entlang und suchte herüberzukommen. Der Grund, warum er der Wütendere war, lag in seiner Meinung, dass Manz als Wirt wenigstens genug zu essen und zu trinken hätte und gewissermaßen ein kurzweiliges Leben führe, während es ungerechterweise ihm so langweilig wäre auf seinem zertrümmerten Hofe. Manz schritt indessen auch grimmig genug an der anderen Seite hin; hinter ihm sein Sohn, welcher, statt auf den bösen Streit zu hören, neugierig und verwundert nach Vrenchen hinübersah, welche hinter ihrem Vater ging, vor Scham in die Erde sehend, dass ihr die braunen krausen Haare ins Gesicht fielen. Sie trug einen hölzernen Fischeimer in der einen Hand, in der anderen hatte sie Schuh und Strümpfe getragen und ihr Kleid der Nässe wegen aufgeschürzt. Seit aber Sali auf der anderen Seite ging, hatte sie es schamhaft sinken lassen und war nun dreifach belästigt und gequält, da sie alle das Zeug tragen, den Rock zusammenhalten und des Streites wegen sich grämen musste. Hätte sie aufgesehen und nach Sali geblickt, so würde sie entdeckt haben, dass er weder vornehm noch sehr stolz mehr aussah und selbst bekümmert genug war. Während Vrenchen so ganz beschämt und verwirrt auf die Erde sah und Sali nur diese in allem Elende schlanke und anmutige Gestalt im Auge hatte, die so verlegen und demütig dahinschritt, beachteten sie dabei nicht, wie ihre Väter still geworden, aber mit verstärkter Wut einem hölzernen Stege zueilten, der in kleiner Entfernung über den Bach führte und eben sichtbar wurde. Es fing an zu blitzen und erleuchtete seltsam die dunkle melancholische Wassergegend; es donnerte auch in den grauschwarzen Wolken mit dumpfem Grolle, und schwere Regentropfen fielen, als die verwilderten Männer gleichzeitig auf die schmale, unter ihren Tritten schwankende Brücke stürzten, sich gegenseitig packten und die Fäuste in die vor Zorn und ausbrechendem Kummer bleichen zitternden Gesichter schlugen. Es ist nichts Anmutiges und nichts weniger als artig, wenn sonst gesetzte Menschen noch in den Fall kommen, aus Übermut, Unbedacht oder Notwehr unter allerhand Volk, das sie nicht näher berührt, Schläge auszuteilen oder welche zu bekommen; allein dies ist eine harmlose Spielerei gegen das tiefe Elend, das zwei alte Menschen überwältigt, die sich wohl kennen und seit lange kennen, wenn diese aus innerster Feindschaft und aus dem Gange einer ganzen Lebensgeschichte heraus sich mit nackten Händen anfassen und mit Fäusten schlagen. So taten jetzt diese beide ergrauten Männer; vor fünfzig Jahren vielleicht hatten sie sich als Buben zum letzten Mal gerauft, dann aber fünfzig lange Jahre mit keiner Hand mehr berührt, ausgenommen in ihrer guten Zeit, wo sie sich etwa zum Gruße die Hände geschüttelt, und auch dies nur selten bei ihrem trockenen und sichern Wesen. Nachdem sie ein- oder zweimal geschlagen, hielten sie inne und rangen still zitternd miteinander, nur zuweilen aufstöhnend und elendiglich knirschend, und einer suchte den andern über das knackende Geländer ins Wasser zu werfen. Jetzt waren aber auch ihre Kinder nachgekommen und sahen den erbärmlichen Auftritt. Sali sprang eines Satzes heran, um seinem Vater beizustehen und ihm zu helfen, dem gehassten Feinde den Garaus zu machen, der ohnehin der Schwächere schien und eben zu unterliegen drohte. Aber auch Vrenchen sprang, alles wegwerfend, mit einem langen Aufschrei herzu und umklammerte ihren Vater, um ihn zu schützen, während sie ihn dadurch nur hinderte und beschwerte. Tränen strömten aus ihren Augen, und sie sah flehend den Sali an, der im Begriff war, ihren Vater ebenfalls zu fassen und vollends zu überwältigen. Unwillkürlich legte er aber seine Hand an seinen eigenen Vater und suchte denselben mit festem Arm von dem Gegner loszubringen und zu beruhigen, sodass der Kampf eine kleine Weile ruhte oder vielmehr die ganze Gruppe unruhig hin und her drängte, ohne auseinander zu kommen. Darüber waren die jungen Leute, sich mehr zwischen die Alten schiebend, in dichte Berührung gekommen, und in diesem Augenblicke erhellte ein Wolkenriss, der den grellen Abendschein durchließ, das nahe Gesicht des Mädchens, und Sali sah in dies ihm so wohlbekannte und doch so viel anders und schöner gewordene Gesicht. Vrenchen sah in diesem Augenblicke auch sein Erstaunen, und es lächelte ganz kurz und geschwind mitten in seinem Schrecken und in seinen Tränen ihn an. Doch ermannte sich Sali, geweckt durch die Anstrengungen seines Vaters, ihn abzuschütteln, und brachte ihn mit eindringlich bittenden Worten und fester Haltung endlich ganz von seinem Feinde weg. Beide alte Gesellen atmeten hoch auf und begannen jetzt wieder zu schelten und zu schreien, sich voneinander abwendend; ihre Kinder aber atmeten kaum und waren still wie der Tod, gaben sich aber im Wegwenden und Trennen, ungesehen von den Alten, schnell die Hände, welche vom Wasser und von den Fischen feucht und kühl waren.

Als die grollenden Parteien ihrer Wege gingen, hatten die Wolken sich wieder geschlossen, es dunkelte mehr und mehr, und der Regen goss nun in Bächen durch die Luft. Manz schlenderte voraus auf den dunklen nassen Wegen, er duckte sich, beide Hände in den Taschen, unter den Regengüssen, zitterte noch in seinen Gesichtszügen und mit den Zähnen und ungesehene Tränen rieselten ihm in den Stoppelbart, die er fließen ließ, um sie durch das Wegwischen nicht zu verraten. Sein Sohn hatte aber nichts gesehen, weil er in glückseligen Bildern verloren daherging. Er merkte weder Regen noch Sturm, weder Dunkelheit noch Elend; sondern leicht, hell und warm war es ihm innen und außen, und er fühlte sich so reich und wohlgeborgen wie ein Königssohn. Er sah fortwährend das sekundenlange Lächeln des nahen schönen Gesichtes und erwiderte dasselbe erst jetzt, eine gute halbe Stunde nachher, indem er voll Liebe in Nacht und Wetter hinein und das liebe Gesicht anlachte, das ihm allerwegen aus dem Dunkel entgegentrat, sodass er glaubte, Vrenchen müsse auf seinen Wegen dies Lachen notwendig sehen und seiner innewerden.

Sein Vater war des andern Tags wie zerschlagen und wollte nicht aus dem Hause. Der ganze Handel und das vieljährige Elend nahm heute eine neue, deutlichere Gestalt an und breitete sich dunkel aus in der drückenden Luft der Spelunke, also dass Mann und Frau matt und scheu um das Gespenst herumschlichen, aus der Stube in die dunklen Kämmerchen, von da in die Küche und aus dieser wieder sich in die Stube schleppten, in welcher kein Gast sich sehen ließ. Zuletzt hockte jedes in einem Winkel und begann den Tag über ein müdes, halbtotes Zanken und Vorhalten mit dem andern, wobei sie zeitweise einschliefen, von unruhigen Tagträumen geplagt, welche aus dem Gewissen kamen und sie wieder weckten. Nur Sali sah und hörte nichts davon, denn er dachte nur an Vrenchen. Es war ihm immer noch zumut, nicht nur als ob er unsäglich reich wäre, sondern auch was Rechts gelernt hätte und unendlich viel Schönes und Gutes wüsste, da er nun so deutlich und bestimmt um das wusste, was er gestern gesehen. Diese Wissenschaft war ihm wie vom Himmel gefallen und er war in einer unaufhörlichen glücklichen Verwunderung darüber; und doch war es ihm, als ob er es eigentlich von jeher gewusst und gekannt hätte, was ihn jetzt mit so wundersamer Süßigkeit erfüllte. Denn nichts gleicht dem Reichtum und der Unergründlichkeit eines Glückes, das an den Menschen herantritt in einer so klaren und deutlichen Gestalt, vom Pfäfflein getauft und wohl versehen mit einem eigenen Namen, der nicht tönt wie andere Namen.

Sali fühlte sich an diesem Tage weder müßig noch unglücklich, weder arm noch hoffnungslos; vielmehr war er vollauf beschäftigt, sich Vrenchens Gesicht und Gestalt vorzustellen, unaufhörlich, eine Stunde wie die andere; über dieser aufgeregten Tätigkeit aber verschwand ihm der Gegenstand derselben fast vollständig, das heißt er bildete sich endlich ein, nun doch nicht zu wissen, wie Vrenchen recht genau aussehe, er habe wohl ein allgemeines Bild von ihr im Gedächtnis, aber wenn er sie beschreiben sollte, so könnte er das nicht. Er sah fortwährend dies Bild, als ob es vor ihm stände, und fühlte seinen angenehmen

Eindruck, und doch sah er es nur wie etwas, das man eben nur ein Mal gesehen, in dessen Gewalt man liegt und das man doch noch nicht kennt. Er erinnerte sich genau der Gesichtszüge, welche das kleine Dirnchen einst gehabt, mit großem Wohlgefallen, aber nicht eigentlich derjenigen, welche er gestern gesehen. Hätte er Vrenchen nie wieder zu sehen bekommen, so hätten sich seine Erinnerungskräfte schon behelfen müssen und das liebe Gesicht säuberlich wieder zusammengetragen, dass nicht ein Zug daran fehlte. Jetzt aber versagten sie schlau und hartnäckig ihren Dienst, weil die Augen nach ihrem Recht und ihrer Lust verlangten, und als am Nachmittage die Sonne warm und hell die oberen Stockwerke der schwarzen Häuser beschien, strich Sali aus dem Tore und seiner alten Heimat zu, welche ihm jetzt erst ein himmlisches Jerusalem zu sein schien mit zwölf glänzenden Pforten und die sein Herz klopfen machte, als er sich ihr näherte.

Er stieß auf dem Wege auf Vrenchens Vater, welcher nach der Stadt zu gehen schien. Der sah sehr wild und liederlich aus, sein grau gewordener Bart war seit Wochen nicht geschoren, und er sah aus wie ein recht böser verlorener Bauersmann, der sein Feld verscherzt hat und nun geht, um andern Übles zuzufügen. Dennoch sah ihn Sali, als sie sich vorübergingen, nicht mehr mit Hass, sondern voll Furcht und Scheu an, als ob sein Leben in dessen Hand stände und er es lieber von ihm erflehen als ertrotzen möchte. Marti aber maß ihn mit einem bösen Blicke von oben bis unten und ging seines Weges. Das war indessen dem Sali recht, welchem es nun, da er den Alten das Dorf verlassen sah, deutlicher wurde, was er eigentlich da wolle, und er schlich sich auf altbekannten Pfaden so lange um das Dorf herum und durch dessen verdeckte Gässchen, bis er sich Martis Haus und Hof gegenüber befand. Seit mehreren Jahren hatte er diese Stätte nicht mehr so nah gesehen; denn auch als sie noch hier wohnten, hüteten sich die verfeindeten Leute gegenseitig, sich ins Gehege zu kommen. Deshalb war er nun erstaunt über das, was er doch an seinem eigenen Vaterhause erlebt, und starrte voll Verwunderung in die Wüstenei, die er vor sich sah. Dem Marti war ein Stück Ackerland um das andere abgepfändet worden, er besaß nichts mehr als das Haus und den Platz davor nebst etwas Garten und dem Acker auf der Höhe am Flusse, von welchem er hartnäckig am längsten nicht lassen wollte.

Es war aber keine Rede mehr von einer ordentlichen Bebauung, und auf dem Acker, der einst so schön im gleichmäßigen Korne gewogt, wenn die Ernte kam, waren jetzt allerhand abfällige Samenreste gesäet und aufgegangen, aus alten Schachteln und zerrissenen Düten zusammengekehrt, Rüben, Kraut und dergleichen und etwas Kartoffeln, sodass der Acker aussah wie ein recht übel gepflegter Gemüseplatz und eine wunderliche Musterkarte war, dazu angelegt, um von der Hand in den Mund zu leben, hier eine Handvoll Rüben auszureißen, wenn man Hunger hatte und nichts Besseres wusste, dort eine Tracht Kartoffeln oder Kraut, und das Übrige fortwuchern oder verfaulen zu lassen, wie es mochte. Auch lief jedermann darin herum, wie es ihm gefiel, und das schöne breite Stück Feld sah beinahe so aus wie einst der herrenlose Acker, von dem alles Unheil herkam. Deshalb war um das Haus nicht eine Spur von Ackerwirtschaft zu sehen. Der Stall war leer, die Türe hing nur in einer Angel, und unzählige Kreuzspinnen, den Sommer hindurch halb groß geworden, ließen ihre Fäden in der Sonne glänzen vor dem dunklen Eingang. An dem offenstehenden Scheunentor, wo einst die Früchte des festen Landes eingefahren, hing schlechtes Fischergeräte, zum Zeugnis der verkehrten Wasserpfuscherei; auf dem Hofe war nicht ein Huhn und nicht eine Taube, weder Katze noch Hund zu sehen; nur der Brunnen war noch als etwas Lebendiges da, aber er floss nicht mehr durch die Röhre, sondern sprang durch einen Riss nahe am Boden über diesen hin und setzte überall kleine Tümpel an, sodass er das beste Sinnbild der Faulheit abgab. Denn während mit wenig Mühe des Vaters das Loch zu verstopfen und die Röhre herzustellen gewesen wäre, musste sich Vrenchen nun abquälen, selbst das lautere Wasser dieser Verkommenheit abzugewinnen und seine Wäscherei in den seichten Sammlungen am Boden vorzunehmen statt in dem vertrockneten und zerspellten Troge. Das Haus selbst war ebenso kläglich anzusehen; die Fenster waren vielfältig zerbrochen und mit Papier verklebt, aber doch waren sie das Freundlichste an dem Verfall; denn sie waren, selbst die zerbrochenen Scheiben, klar und sauber gewaschen, ja förmlich poliert, und glänzten so hell wie Vrenchens Augen, welche ihm in seiner Armut ja auch allen übrigen Staat ersetzen mussten. Und wie die krausen Haare und die rotgelben Kattunhalstücher zu Vrenchens Augen, stand zu diesen blinkenden Fenstern das wilde grüne Gewächs, was da durcheinander rankte um das Haus, flatternde Bohnenwäldchen und eine ganze duftende Wildnis von rotgelbem Goldlack. Die Bohnen hielten sich, so gut sie konnten, hier an einem Harkenstiel oder an einem verkehrt in die Erde gesteckten Stumpfbesen, dort an einer von Rost zerfressenen Helbarte oder Sponton, wie man es nannte, als Vrenchens Großvater das Ding als Wachtmeister getragen, welches es jetzt aus Not in die Bohnen gepflanzt hatte; dort kletterten sie wieder lustig eine verwitterte Leiter empor, die am Hause lehnte seit undenklichen Zeiten, und hingen von da in die klaren Fensterchen hinunter wie Vrenchens Kräuselhaare in seine Augen. Dieser mehr malerische als wirtliche Hof lag etwas beiseit und hatte keine näheren Nachbarhäuser, auch ließ sich in diesem Augenblicke nirgends eine lebendige Seele wahrnehmen; Sali lehnte daher in aller Sicherheit an einem alten Scheunchen, etwa dreißig Schritte entfernt, und schaute unverwandt nach dem stillen wüsten Hause hinüber. Eine geraume Zeit lehnte und schaute er so, als Vrenchen unter die Haustür kam und lange vor sich hin blickte, wie mit allen ihren Gedanken an einem Gegenstande hängend. Sali rührte sich nicht und wandte kein Auge von ihr. Als sie endlich zufällig in dieser Richtung hinsah, fiel er ihr in die Augen. Sie sahen sich eine Weile an, herüber und hinüber, als ob sie eine Lufterscheinung betrachteten, bis sich Sali endlich aufrichtete und langsam über die Straße und über den Hof ging auf Vrenchen los. Als er dem Mädchen nahe war, streckte es seine Hände gegen ihn aus und sagte: »Sali!« Er ergriff die Hände und sah ihr immerfort ins Gesicht. Tränen stürzten aus ihren Augen, während sie unter seinen Blicken vollends dunkelrot wurde, und sie sagte: »Was willst du hier?« »Nur dich sehen!«, erwiderte er, »wollen wir nicht wieder gute Freunde sein?« »Und unsere Eltern?«, fragte Vrenchen, sein weinendes Gesicht zur Seite neigend, da es die Hände nicht frei hatte, um es zu bedecken. »Sind wir schuld an dem, was sie getan und geworden sind?«, sagte Sali, »vielleicht können wir das Elend nur gutmachen, wenn wir zwei zusammenhalten und uns recht lieb sind!« »Es wird nie gut kommen«, antwortete Vrenchen mit einem tiefen Seufzer, »geh in Gottes Namen deiner Wege, Sali!« »Bist du allein?«, fragte dieser, »kann ich einen Augenblick hineinkommen?« »Der Vater ist zur Stadt, wie er sagte, um deinem Vater irgendetwas anzuhängen; aber hereinkommen kannst du nicht, weil du später vielleicht nicht so ungesehen weggehen kannst wie jetzt. Noch ist alles still und niemand um den Weg, ich bitte dich, geh jetzt!« »Nein, so geh ich nicht! Ich musste seit gestern immer an dich denken, und ich geh nicht so fort, wir müssen miteinander reden, wenigstens eine halbe Stunde lang oder eine Stunde, das wird uns gut tun!« Vrenchen besann sich ein Weilchen und sagte dann: »Ich geh gegen Abend auf unsern Acker hinaus, du weißt welchen, wir haben nur noch den, und hole etwas Gemüse. Ich weiß, dass niemand weiter dort sein wird, weil die Leute anderswo schneiden; wenn du willst, so komm dorthin, aber jetzt geh und nimm dich in Acht, dass dich niemand sieht! Wenn auch kein Mensch hier mehr mit uns umgeht, so würden sie doch ein solches Gerede machen, dass es der Vater sogleich vernähme.« Sie ließen sich jetzt die Hände frei, ergriffen sie aber auf der Stelle wieder und beide sagten gleichzeitig: »Und wie geht es dir auch?« Aber statt sich zu antworten, fragten sie das Gleiche aufs neue und die Antwort lag nur in den beredten Augen, da sie nach Art der Verliebten die Worte nicht mehr zu lenken wussten und, ohne sich weiter etwas zu sagen, endlich halb selig und halb traurig auseinanderhuschten. »Ich komme recht bald hinaus, geh nur gleich hin!«, rief Vrenchen noch nach.

Sali ging auch alsobald auf die stille schöne Anhöhe hinaus, über welche die zwei Äcker sich erstreckten, und die prächtige stille Julisonne, die fahrenden weißen Wolken, welche über das reife wallende Kornfeld wegzogen, der glänzende blaue Fluss, der unten vorüberwallte, alles dies erfüllte ihn zum ersten Male seit langen Jahren wieder mit Glück und Zufriedenheit statt mit Kummer, und er warf sich der Länge nach in den durchsichtigen Halbschatten des Kornes, wo dasselbe Martis wilden Acker begrenzte, und guckte glückselig in den Himmel.

Obgleich es kaum eine Viertelstunde währte, bis Vrenchen nachkam, und er an nichts anderes dachte als an sein Glück und dessen Namen, stand es doch plötzlich und unverhofft vor ihm, auf ihn niederlächelnd, und froh erschreckt sprang er auf. »Vreeli!«, rief er, und dieses gab ihm still und lächelnd beide Hände, und Hand in Hand gingen sie nun das flüsternde Korn entlang bis gegen den Fluss hinunter und wieder zurück, ohne viel zu reden; sie legten zwei- und dreimal den Hin- und Herweg zurück, still, glückselig und ruhig, sodass dieses einige Paar nun auch einem Sternbilde glich, welches über die sonnige Rundung der Anhöhe und hinter derselben niederging, wie einst die sicher gehenden Pflugzüge ihrer Väter. Als sie aber einsmals die Augen von den blauen Kornblumen aufschlugen, an denen sie gehaftet, sahen sie plötzlich einen andern dunklen Stern vor sich her gehen, einen schwärzlichen Kerl, von dem sie nicht wussten, woher er so unversehens gekommen. Er musste im Korne gelegen haben; Vrenchen zuckte zusammen und Sali sagte erschreckt: »Der schwarze Geiger!« In der Tat trug der Kerl, der vor ihnen her strich, eine Geige mit dem Bogen unter dem Arm und sah übrigens schwarz genug aus; neben einem schwarzen Filzhütchen und einem schwarzen rußigen Kittel, den er trug, war auch sein Haar pechschwarz so wie der ungeschorene Bart, das Gesicht und die Hände aber ebenfalls geschwärzt; denn er trieb allerlei Handwerk, meistens Kesselflicken, half auch den Kohlenbrennern und Pechsiedern in den Wäldern und ging mit der Geige nur auf einen guten Schick aus, wenn die Bauern irgendwo lustig waren und ein Fest feierten. Sali und Vrenchen gingen mäuschenstill hinter ihm drein und dachten, er würde vom Felde gehen und verschwinden, ohne sich umzusehen, und so schien es auch zu sein, denn er tat, als ob er nichts von ihnen merkte. Dazu waren sie in einem seltsamen Bann, dass sie nicht wagten, den schmalen Pfad zu verlassen und dem unheimlichen Gesellen unwillkürlich folgten bis an das Ende des Feldes, wo jener ungerechte Steinhaufen lag, der das immer noch streitige Ackerzipfelchen bedeckte. Eine zahllose Menge von Mohnblumen oder Klatschrosen hatte sich darauf angesiedelt, weshalb der kleine Berg feuerrot aussah zurzeit. Plötzlich sprang der schwarze Geiger mit einem Satze auf die rotbekleidete Steinmasse hinauf, kehrte sich und sah ringsum. Das Pärchen blieb stehen und sah verlegen zu dem dunklen Burschen hinauf; denn vorbei konnten sie nicht gehen, weil der Weg in das Dorf führte, und umkehren mochten sie auch nicht vor seinen Augen. Er sah sie scharf an und rief: »Ich kenne euch, ihr seid die Kinder derer, die mir den Boden hier gestohlen haben! Es freut mich zu sehen, wie gut ihr gefahren seid, und werde gewiss noch erleben, dass ihr vor mir den Weg alles Fleisches geht! Seht mich nur an, ihr zwei Spatzen! Gefällt euch meine Nase, wie?« In der Tat besaß er eine schreckbare Nase, welche wie ein großes Winkelmaß aus dem dürren schwarzen Gesicht ragte oder eigentlich mehr einem tüchtigen Knebel oder Prügel glich, welcher in dies Gesicht geworfen worden war und unter dem ein kleines rundes Löchelchen von einem Munde sich seltsam stutzte und zusammenzog, aus dem er unaufhörlich pustete, pfiff und zischte. Dazu stand das kleine Filzhütchen ganz unheimlich, welches nicht rund und nicht eckig und so sonderlich geformt war, dass es alle Augenblicke seine Gestalt zu verändern schien, obgleich es unbeweglich saß, und von den Augen des Kerls war fast nichts als das Weiße zu sehen, da die Sterne unaufhörlich auf einer blitzschnellen Wanderung begriffen waren und wie zwei Hasen im Zickzack umhersprangen. »Seht mich nur an«, fuhr er fort, »eure Väter kennen mich wohl und jedermann in diesem Dorfe weiß, wer ich bin, wenn er nur meine

Nase ansieht. Da haben sie vor Jahren ausgeschrieben, dass ein Stück Geld für den Erben dieses Ackers bereitliege; ich habe mich zwanzigmal gemeldet, aber ich habe keinen Taufschein und keinen Heimatschein, und meine Freunde, die Heimatlosen, die meine Geburt gesehen, haben kein gültiges Zeugnis, und so ist die Frist längst verlaufen, und ich bin um den blutigen Pfennig gekommen, mit dem ich hätte auswandern können! Ich habe eure Väter angefleht, dass sie mir bezeugen möchten, sie müssten mich nach ihrem Gewissen für den rechten Erben halten; aber sie haben mich von ihren Höfen gejagt, und nun sind sie selbst zum Teufel gegangen! Item, das ist der Welt Lauf, mir kann's recht sein, ich will euch doch geigen, wenn ihr tanzen wollt!« Damit sprang er auf der anderen Seite von den Steinen hinunter und machte sich dem Dorfe zu, wo gegen Abend der Erntesegen eingebracht wurde und die Leute guter Dinge waren. Als er verschwunden, ließ sich das Paar ganz mutlos und betrübt auf die Steine nieder; sie ließen ihre verschlungenen Hände fahren und stützten die traurigen Köpfe darauf; denn die Erscheinung des Geigers und seine Worte hatten sie aus der glücklichen Vergessenheit gerissen, in welcher sie wie zwei Kinder auf und ab gewandelt, und wie sie nun auf dem harten Grund ihres Elendes saßen, verdunkelte sich das heitere Lebenslicht und ihre Gemüter wurden so schwer wie Steine.

Da erinnerte sich Vrenchen unversehens der wunderlichen Gestalt und der Nase des Geigers, es musste plötzlich hell auflachen und rief: »Der arme Kerl sieht gar zu spaßhaft aus! Was für eine Nase!«, und eine allerliebste sonnenhelle Lustigkeit verbreitete sich über des Mädchens Gesicht, als ob sie nur geharrt hätte, bis des Geigers Nase die trüben Wolken wegstieße. Sali sah Vrenchen an und sah diese Fröhlichkeit. Es hatte die Ursache aber schon wieder vergessen und lachte nur noch auf eigene Rechnung dem Sali ins Gesicht. Dieser, verblüfft und erstaunt, starrte unwillkürlich mit lachendem Munde auf die Augen, gleich einem Hungrigen, der ein süßes Weizenbrot erblickt, und rief: »Bei Gott, Vreeli! wie schön bist du!« Vrenchen lachte ihn nur noch mehr an und hauchte dazu aus klangvoller Kehle einige kurze mutwillige Lachtöne, welche dem armen Sali nicht anders dünkten als der Gesang einer Nachtigall. »O du Hexe!«, rief er, »wo hast du das gelernt? Welche Teufelskünste treibst du da?« »Ach du lieber Gott!«, sagte Vrenchen mit schmeichelnder Stimme und nahm Salis Hand, »das sind keine Teufelskünste! Wie lange hätte ich gern einmal gelacht! Ich habe wohl zuweilen, wenn ich ganz allein war, über irgendetwas lachen müssen, aber es war nichts Rechts dabei; jetzt aber möchte ich dich immer und ewig anlachen, wenn ich dich sehe, und ich möchte dich wohl immer und ewig sehen! Bist du mir auch ein bisschen recht gut?« »O Vreeli!«, sagte er und sah ihr ergeben und treuherzig in die Augen, »ich habe noch nie ein Mädchen angesehen, es war mir immer, als ob ich dich einst lieb haben müsste, und ohne dass ich wollte oder wusste, hast du mir doch immer im Sinn gelegen!« »Und du mir auch«, sagte Vrenchen, »und das noch viel mehr; denn du hast mich nie angesehen und wusstest nicht, wie ich geworden bin; ich aber habe dich zuzeiten aus der Ferne und sogar heimlich aus der Nähe recht gut betrachtet und wusste immer, wie du aussiehst! Weißt du noch, wie oft wir als Kinder hierher gekommen sind? Denkst du noch des kleinen Wagens? Wie kleine Leute sind wir damals gewesen und wie lang ist es her! Man sollte denken, wir wären recht alt?« »Wie alt bist du jetzt?«, fragte Sali voll Vergnügen und Zufriedenheit, »du musst ungefähr siebzehn sein?« »Siebzehn und ein halbes Jahr bin ich alt!«, erwiderte Vrenchen, »und wie alt bist du? Ich weiß aber schon, du bist bald zwanzig!« »Woher weißt du das?«, fragte Sali. »Gelt, wenn ich es sagen wollte!« »Du willst es nicht sagen?« »Nein!« »Gewiß nicht?« »Nein, nein!« »Du sollst es sagen!« »Willst du mich etwa zwingen?« »Das wollen wir sehen!« Diese einfältigen Reden führte Sali, um seine Hände zu beschäftigen und mit ungeschickten Liebkosungen, welche wie eine Strafe aussehen sollten, das schöne Mädchen zu bedrängen. Sie führte auch, sich wehrend, mit vieler Langmut den albernen Wortwechsel fort, der trotz seiner Leerheit beide witzig und süß genug dünkte, bis

Sali erbost und kühn genug war, Vrenchens Hände zu bezwingen und es in die Mohnblumen zu drücken. Da lag es nun und zwinkerte in der Sonne mit den Augen; seine Wangen glühten wie Purpur und sein Mund war halb geöffnet und ließ zwei Reihen weiße Zähne durchschimmern. Fein und schön flossen die dunklen Augenbraunen ineinander und die junge Brust hob und senkte sich mutwillig unter sämtlichen vier Händen, welche sich kunterbunt darauf streichelten und bekriegten. Sali wusste sich nicht zu lassen vor Freuden, das schlanke schöne Geschöpf vor sich zu sehen, es sein eigen zu wissen, und es dünkte ihm ein Königreich. »Alle deine weißen Zähne hast du noch!«, lachte er, »weißt du noch, wie oft wir sie einst gezählt haben? Kannst du jetzt zählen?« »Das sind ja nicht die gleichen, du Kind!«, sagte Vrenchen, »jene sind längst ausgefallen!« Sali wollte nun in seiner Einfalt jenes Spiel wieder erneuern und die glänzenden Zahnperlen zählen; aber Vrenchen verschloss plötzlich den roten Mund, richtete sich auf und begann einen Kranz von Mohnrosen zu winden, den es sich auf den Kopf setzte. Der Kranz war voll und breit und gab der bräunlichen Dirne ein fabelhaftes reizendes Ansehen, und der arme Sali hielt in seinem Arm, was reiche Leute teuer bezahlt hätten, wenn sie es nur gemalt an ihren Wänden hätten sehen können. Jetzt sprang sie aber empor und rief: »Himmel, wie heiß ist es hier! Da sitzen wir wie die Narren und lassen uns versengen! Komm, mein Lieber! lass uns ins hohe Korn sitzen!« Sie schlüpften hinein so geschickt und sachte, dass sie kaum eine Spur zurückließen, und bauten sich einen engen Kerker in den goldenen Ähren, die ihnen hoch über den Kopf ragten, als sie drin saßen, sodass sie nur den tiefblauen Himmel über sich sahen und sonst nichts von der Welt. Sie umhalsten sich und küssten sich unverweilt und so lange, bis sie einstweilen müde waren, oder wie man es nennen will, wenn das Küssen zweier Verliebter auf eine oder zwei Minuten sich selbst überlebt und die Vergänglichkeit alles Lebens mitten im Rausche der Blütezeit ahnen lässt. Sie hörten die Lerchen singen hoch über sich und suchten dieselben mit ihren scharfen Augen, und wenn sie glaubten, flüchtig eine in der Sonne aufblitzen zu sehen, gleich einem plötzlich aufleuchtenden oder hinschießenden Stern am blauen Himmel, so küssten sie sich wieder zur Belohnung und suchten einander zu übervorteilen und zu täuschen, soviel sie konnten. »Siehst du, dort blitzt eine!«, flüsterte Sali und Vrenchen erwiderte ebenso leise: »Ich höre sie wohl, aber ich sehe sie nicht!« »Doch, pass nur auf, dort wo das weiße Wölkchen steht, ein wenig rechts davon!« Und beide sahen eifrig hin und sperrten vorläufig ihre Schnäbel auf, wie die jungen Wachteln im Neste, um sie unverzüglich aufeinander zu heften, wenn sie sich einbildeten, die Lerche gesehen zu haben. Auf einmal hielt Vrenchen inne und sagte: »Dies ist also eine ausgemachte Sache, dass jedes von uns einen Schatz hat, dünkt es dich nicht so?« »Ja«, sagte Sali, »es scheint mir auch so!« »Wie gefällt dir denn dein Schätzchen«, sagte Vrenchen, »was ist es für ein Ding, was hast du von ihm zu melden?« »Es ist ein gar feines Ding«, sagte Sali, »es hat zwei braune Augen, einen roten Mund und läuft auf zwei Füßen; aber seinen Sinn kenn ich weniger als den Papst zu Rom! Und was kannst du von deinem Schatz berichten?« »Er hat zwei blaue Augen, einen nichtsnutzigen Mund und braucht zwei verwegene starke Arme; aber seine Gedanken sind mir unbekannter als der türkische Kaiser!« »Es ist eigentlich wahr«, sagte Sali, »dass wir uns weniger kennen, als wenn wir uns nie gesehen hätten, so fremd hat uns die lange Zeit gemacht, seit wir groß geworden sind! Was ist alles vorgegangen in deinem Köpfchen, mein liebes Kind?« »Ach, nicht viel! Tausend Narrenspossen haben sich wollen regen, aber es ist mir immer so trübselig ergangen, dass sie nicht aufkommen konnten!« »Du armes Schätzchen«, sagte Sali, »ich glaube aber, du hast es hinter den Ohren, nicht?« »Das kannst du ja nach und nach erfahren, wenn du mich recht lieb hast!« »Wenn du einst meine Frau bist?« Vrenchen zitterte leis bei diesem letzten Worte und schmiegte sich tiefer in Salis Arme, ihn von neuem lange und zärtlich küssend. Es traten ihr dabei Tränen in die Augen, und beide wurden auf einmal traurig, da ihnen ihre hoffnungsarme Zukunft in den Sinn kam und die Feindschaft ihrer Eltern. Vrenchen seufzte und sagte: »Komm, ich muss nun gehen!«, und so erhoben sie sich und gingen Hand in Hand aus dem Kornfeld, als sie Vrenchens Vater spähend vor sich sahen. Mit dem kleinlichen Scharfsinn des müßigen Elendes hatte dieser, als er dem Sali begegnet, neugierig gegrübelt, was der wohl allein im Dorfe zu suchen ginge, und sich des gestrigen Vorfalles erinnernd, verfiel er, immer nach der Stadt zu schlendernd, endlich auf die richtige Spur, rein aus Groll und unbeschäftigter Bosheit, und nicht so bald gewann der Verdacht eine bestimmte Gestalt, als er mitten in den Gassen von Seldwyla umkehrte und wieder in das Dorf hinaustrollte, wo er seine Tochter in Haus und Hof und rings in den Hecken vergeblich suchte. Mit wachsender Neugier rannte er auf den Acker hinaus, und als er da Vrenchens Korb liegen sah, in welchem es die Früchte zu holen pflegte, das Mädchen selbst aber nirgends erblickte, spähte er eben am Korne des Nachbars herum, als die erschrockenen Kinder herauskamen.

Sie standen wie versteinert und Marti stand erst auch da und beschaute sie mit bösen Blicken, bleich wie Blei; dann fing er fürchterlich an zu toben in Gebärden und Schimpfworten und langte zugleich grimmig nach dem jungen Burschen, um ihn zu würgen; Sali wich aus und floh einige Schritte zurück, entsetzt über den wilden Mann, sprang aber sogleich wieder zu, als er sah, dass der Alte statt seiner nun das zitternde Mädchen fasste, ihm eine Ohrfeige gab, dass der rote Kranz herunterflog, und seine Haare um die Hand wickelte, um es mit sich fortzureißen und weiter zu misshandeln. Ohne sich zu besinnen, raffte er einen Stein auf und schlug mit demselben den Alten gegen den Kopf, halb in Angst um Vrenchen und halb im Jähzorn. Marti taumelte erst ein wenig, sank dann bewusstlos auf den Steinhaufen nieder und zog das erbärmlich aufschreiende Vrenchen mit. Sali befreite noch dessen Haare aus der Hand des Bewusstlosen und richtete es auf; dann stand er da wie eine Bildsäule, ratlos und gedankenlos. Das Mädchen, als es den wie tot daliegenden Vater sah, fuhr sich mit den Händen über das erbleichende Gesicht, schüttelte sich und sagte: »Hast du ihn erschlagen?« Sali nickte lautlos und Vrenchen schrie: »O Gott, du lieber Gott! Es ist mein Vater! der arme Mann!« und sinnlos warf es sich über ihn und hob seinen Kopf auf, an welchem indessen kein Blut floss. Es ließ ihn wieder sinken; Sali ließ sich auf der anderen Seite des Mannes nieder und beide schauten, still wie das Grab und mit erlahmten reglosen Händen, in das leblose Gesicht. Um nur etwas anzufangen, sagte endlich Sali: »Er wird doch nicht gleich tot sein müssen? das ist gar nicht ausgemacht!« Vrenchen riss ein Blatt von einer Klatschrose ab und legte es auf die erblassten Lippen, und es bewegte sich schwach. »Er atmet noch«, rief es, »so lauf doch ins Dorf und hol Hilfe!« Als Sali aufsprang und laufen wollte, streckte es ihm die Hand nach und rief ihn zurück: »Komm aber nicht mit zurück und sage nichts, wie es zugegangen, ich werde auch schweigen, man soll nichts aus mir herausbringen!«, sagte es, und sein Gesicht, das es dem armen ratlosen Burschen zuwandte, überfloss von schmerzlichen Tränen. »Komm, küss mich noch einmal! Nein, geh, mach dich fort! Es ist aus, es ist ewig aus, wir können nicht zusammenkommen!« Es stieß ihn fort und er lief willenlos dem Dorfe zu. Er begegnete einem Knäbchen, das ihn nicht kannte; diesem trug er auf, die nächsten Leute zu holen, und beschrieb ihm genau, wo die Hilfe nötig sei. Dann machte er sich verzweifelt fort und irrte die ganze Nacht im Gehölze herum. Am Morgen schlich er in die Felder, um zu erspähen, wie es gegangen sei, und hörte von frühen Leuten, welche miteinander sprachen, dass Marti noch lebe, aber nichts von sich wisse, und wie das eine seltsame Sache wäre, da kein Mensch wisse, was ihm zugestoßen. Erst jetzt ging er in die Stadt zurück und verbarg sich in dem dunklen Elend des Hauses.

Vrenchen hielt ihm Wort; es war nichts aus ihm herauszufragen als dass es selbst den Vater so gefunden habe, und da er am andern Tage sich wieder tüchtig regte und atmete, freilich ohne Bewusstsein, und überdies kein Kläger da war, so nahm man an, er sei betrunken gewesen und auf die Steine gefallen, und ließ die

Sache auf sich beruhen. Vrenchen pflegte ihn und ging nicht von seiner Seite, außer um die Arzneimittel zu holen beim Doktor und etwa für sich selbst eine schlechte Suppe zu kochen; denn es lebte beinahe von nichts, obgleich es Tag und Nacht wach sein musste und niemand ihm half. Es dauerte beinahe sechs Wochen, bis der Kranke allmählig zu seinem Bewusstsein kam, obgleich er vorher schon wieder aß und in seinem Bette ziemlich munter war. Aber es war nicht das alte Bewusstsein, das er jetzt erlangte, sondern es zeigte sich immer deutlicher, je mehr er sprach, dass er blödsinnig geworden, und zwar auf die wunderlichste Weise. Er erinnerte sich nur dunkel an das Geschehene und wie an etwas sehr Lustiges, was ihn nicht weiter berühre, lachte immer wie ein Narr und war guter Dinge. Noch im Bette liegend, brachte er hundert närrische, sinnlos mutwillige Redensarten und Einfälle zum Vorschein, schnitt Gesichter und zog sich die schwarzwollene Zipfelmütze in die Augen und über die Nase herunter, dass diese aussah wie ein Sarg unter einem Bahrtuch. Das bleiche und abgehärmte Vrenchen hörte ihm geduldig zu, Tränen vergießend über das törichte Wesen, welches die arme Tochter noch mehr ängstigte als die frühere Bosheit; aber wenn der Alte zuweilen etwas gar zu Drolliges anstellte, so musste es mitten in seiner Qual laut auflachen, da sein unterdrücktes Wesen immer zur Lust aufzuspringen bereit war, wie ein gespannter Bogen, worauf dann eine um so tiefere Betrübnis erfolgte. Als der Alte aber aufstehen konnte, war gar nichts mehr mit ihm anzustellen; er machte nichts als Dummheiten, lachte und stöberte um das Haus herum, setzte sich in die Sonne und streckte die Zunge heraus oder hielt lange Reden in die Bohnen hinein.

Um die gleiche Zeit aber war es auch aus mit den wenigen Überbleibseln seines ehemaligen Besitzes und die Unordnung so weit gediehen, dass auch sein Haus und der letzte Acker, seit geraumer Zeit verpfändet, nun gerichtlich verkauft wurden. Denn der Bauer, welcher die zwei Äcker des Manz gekauft, benutzte die gänzliche Verkommenheit Martis und seine Krankheit und führte den alten Streit wegen des strittigen Steinfleckes kurz und entschlossen zu Ende, und der verlorene Prozess trieb Martis Fass vollends den Boden aus, indessen er in seinem Blödsinne nichts mehr von diesen Dingen wusste. Die Versteigerung fand statt; Marti wurde von der Gemeinde in einer Stiftung für dergleichen arme Tröpfe auf öffentliche Kosten untergebracht. Diese Anstalt befand sich in der Hauptstadt des Ländchens; der gesunde und essbegierige Blödsinnige wurde noch gut gefüttert, dann auf ein mit Ochsen bespanntes Wägelchen geladen, das ein ärmlicher Bauersmann nach der Stadt führte, um zugleich einen oder zwei Säcke Kartoffeln zu verkaufen, und Vrenchen setzte sich zu dem Vater auf das Fuhrwerk, um ihn auf diesem letzten Gange zu dem lebendigen Begräbnis zu begleiten. Es war eine traurige und bittere Fahrt, aber Vrenchen wachte sorgfältig über seinen Vater und ließ es ihm an nichts fehlen, und es sah sich nicht um und ward nicht ungeduldig, wenn durch die Kapriolen des Unglücklichen die Leute aufmerksam wurden und dem Wägelchen nachliefen, wo sie durchfuhren. Endlich erreichten sie das weitläufige Gebäude in der Stadt, wo die langen Gänge, die Höfe und ein freundlicher Garten von einer Menge ähnlicher Tröpfe belebt waren, die alle in weiße Kittel gekleidet waren und dauerhafte Lederkäppchen auf den harten Köpfen trugen. Auch Marti wurde noch vor Vrenchens Augen in diese Tracht gekleidet, und er freuete sich wie ein Kind darüber und tanzte singend umher. »Gott grüß euch, ihr geehrten Herren!«, rief er seine neuen Genossen an, »ein schönes Haus habt ihr hier! Geh heim, Vrenggel, und sag der Mutter, ich komme nicht mehr nach Haus, hier gefällt's mir bei Gott! Juchhei! Es kreucht ein Igel über den Hag, ich hab ihn hören bellen! O Meitli, küss kein alten Knab, küss nur die jungen Gesellen! Alle die Wässerlein laufen in Rhein, die mit dem Pflaumenaug, die muss es sein! Gehst du schon, Vreeli? Du siehst ja aus wie der Tod im Häfelein und geht es mir doch so erfreulich! Die Füchsin schreit im Felde: Halleo, halleo! das Herz tut ihr weho! hoho!« Ein Aufseher gebot ihm Ruhe und führte ihn zu einer leichten Arbeit, und Vrenchen ging das Fuhrwerk aufzusuchen. Es setzte sich auf den Wagen, zog ein Stückchen Brot hervor und aß dasselbe, dann schlief es, bis der Bauer kam und mit ihm nach dem Dorfe zurückfuhr. Sie kamen erst in der Nacht an. Vrenchen ging nach dem Hause, in dem es geboren und nur zwei Tage bleiben durfte, und es war jetzt zum ersten Mal in seinem Leben ganz allein darin. Es machte ein Feuer, um das letzte Restchen Kaffee zu kochen, das es noch besaß, und setzte sich auf den Herd, denn es war ihm ganz elendiglich zumut. Es sehnte sich und härmte sich ab, den Sali nur ein einziges Mal zu sehen, und dachte inbrünstig an ihn; aber die Sorgen und der Kummer verbitterten seine Sehnsucht und diese machte die Sorgen wieder viel schwerer. So saß es und stützte den Kopf in die Hände, als jemand durch die offenstehende Tür hereinkam. »Sali!«, rief Vrenchen, als es aufsah, und fiel ihm um den Hals; dann sahen sich aber beide erschrocken an und riefen: »Wie siehst du elend aus!« Denn Sali sah nicht minder als Vrenchen bleich und abgezehrt aus. Alles vergessend zog es ihn zu sich auf den Herd und sagte: »Bist du krank gewesen, oder ist es dir auch so schlimm gegangen?« Sali antwortete: »Nein, ich bin gerade nicht krank, außer vor Heimweh nach dir! Bei uns geht es jetzt hoch und herrlich zu; der Vater hat einen Einzug und Unterschleif von auswärtigem Gesindel und ich glaube, soviel ich merke, ist er ein Diebshehler geworden. Deshalb ist jetzt einstweilen Hülle und Fülle in unserer Taverne, solang es geht und bis es ein Ende mit Schrecken nimmt. Die Mutter hilft dazu, aus bitterlicher Gier, nur etwas im Hause zu sehen, und glaubt den Unfug noch durch eine gewisse Aufsicht und Ordnung annehmlich und nützlich zu machen! Mich fragt man nicht, und ich konnte mich nicht viel darum kümmern; denn ich kann nur an dich denken Tag und Nacht. Da allerlei Landstreicher bei uns einkehren, so haben wir alle Tage gehört, was bei euch vorgeht, worüber mein Vater sich freut wie ein kleines Kind. Dass dein Vater heute nach dem Spittel gebracht wurde, haben wir auch vernommen; ich habe gedacht, du werdest jetzt allein sein, und bin gekommen, um dich zu sehen!« Vrenchen klagte ihm jetzt auch alles, was sie drückte und was sie erlitt, aber mit so leichter zutraulicher Zunge, als ob sie ein großes Glück beschriebe, weil sie glücklich war, Sali neben sich zu sehen. Sie brachte inzwischen notdürftig ein Becken voll warmen Kaffee zusammen, welchen mit ihr zu teilen sie den Geliebten zwang. »Also übermorgen musst du hier weg?«, sagte Sali, »was soll denn ums Himmels willen werden?« »Das weiß ich nicht«, sagte Vrenchen, »ich werde dienen müssen und in die Welt hinaus! Ich werde es aber nicht aushalten ohne dich, und doch kann ich dich nie bekommen, auch wenn alles andere nicht wäre, bloß weil du meinen Vater geschlagen und um den Verstand gebracht hast! Dies würde immer ein schlechter Grundstein unserer Ehe sein und wir beide nie sorglos werden, nie!« Sali seufzte und sagte: »Ich wollte auch schon hundertmal Soldat werden oder mich in einer fremden Gegend als Knecht verdingen, aber ich kann noch nicht fortgehen, solange du hier bist, und hernach wird es mich aufreiben. Ich glaube, das Elend macht meine Liebe zu dir stärker und schmerzhafter, sodass es um Leben und Tod geht! Ich habe von dergleichen keine Ahnung gehabt!« Vrenchen sah ihn liebevoll lächelnd an; sie lehnten sich an die Wand zurück und sprachen nichts mehr, sondern gaben sich schweigend der glückseligen Empfindung hin, die sich über allen Gram erhob, dass sie sich im größten Ernste gut wären und geliebt wüssten. Darüber schliefen sie friedlich ein auf dem unbequemen Herde, ohne Kissen und Pfühl, und schliefen so sanft und ruhig wie zwei Kinder in einer Wiege. Schon graute der Morgen, als Sali zuerst erwachte; er weckte Vrenchen, so sacht er konnte; aber es duckte sich immer wieder an ihn, schlaftrunken, und wollte sich nicht ermuntern. Da küsste er es heftig auf den Mund und Vrenchen fuhr empor, machte die Augen weit auf, und als es Sali erblickte, rief es: »Herrgott! ich habe eben noch von dir geträumt! Es träumte mir, wir tanzten miteinander auf unserer Hochzeit, lange, lange Stunden! Und waren so glücklich, sauber geschmückt, und es fehlte uns an nichts. Da wollten wir uns endlich küssen und dürsteten darnach, aber immer zog uns etwas auseinander, und nun bist du es selbst gewesen, der uns gestört und gehindert hat! Aber wie gut, dass du gleich da bist!« Gierig fiel es ihm um den Hals und küsste ihn, als ob es kein Ende nehmen sollte. »Und was hast du denn geträumt?«, fragte es und streichelte ihm Wangen und Kinn. »Mir träumte, ich ginge endlos auf einer langen Straße durch einen Wald und du in der Ferne immer vor mir her; zuweilen sahest du nach mir um, winktest mir und lachtest und dann war ich wie im Himmel. Das ist alles!« Sie traten unter die offen gebliebene Küchentüre, die unmittelbar ins Freie führte, und mussten lachen, als sie sich ins Gesicht sahen. Denn die rechte Wange Vrenchens und die linke Salis, welche im Schlafe aneinander gelehnt hatten, waren von dem Drucke ganz rot gefärbt, während die Blässe der anderen durch die kühle Nachtluft noch erhöht war. Sie rieben sich zärtlich die kalte bleiche Seite ihrer Gesichter, um sie auch rot zu machen; die frische Morgenluft, der tauige stille Frieden, der über der Gegend lag, das junge Morgenrot machten sie fröhlich und selbstvergessen, und besonders in Vrenchen schien ein freundlicher Geist der Sorglosigkeit gefahren zu sein. »Morgen Abend muss ich also aus diesem Hause fort«, sagte es, »und ein anderes Obdach suchen. Vorher aber möchte ich *einmal*, nur *einmal* recht lustig sein, und zwar mit dir; ich möchte recht herzlich und fleißig mit dir tanzen irgendwo, denn das Tanzen aus dem Traume steckt mir immerfort im Sinn!« »Jedenfalls will ich dabei sein und sehen, wo du unterkommst«, sagte Sali, »und tanzen wollte ich auch gerne mit dir, du herziges Kind! aber wo?« »Es ist morgen Kirchweih an zwei Orten nicht sehr weit von hier«, erwiderte Vrenchen, »da kennt und beachtet man uns weniger; draußen am Wasser will ich auf dich warten, und dann können wir gehen, wohin es uns gefällt, um uns lustig zu machen, einmal, *ein* Mal nur! Aber je, wir haben ja gar kein Geld!«, setzte es traurig hinzu, »da kann nichts daraus werden!« »Lass nur«, sagte Sali, »ich will schon etwas mitbringen!« »Doch nicht von deinem Vater, von – von dem Gestohlenen?« »Nein, sei nur ruhig! Ich habe noch meine silberne Uhr bewahrt bis dahin, die will ich verkaufen!« »Ich will dir nicht abraten«, sagte Vrenchen errötend, »denn ich glaube, ich müsste sterben, wenn ich nicht morgen mit dir tanzen könnte.« »Es wäre das Beste, wir beide könnten sterben!«, sagte Sali; sie umarmten sich wehmütig und schmerzlich zum Abschied, und als sie voneinander ließen, lachten sie sich doch freundlich an in der sicheren Hoffnung auf den nächsten Tag. »Aber wann willst du denn kommen?«, rief Vrenchen noch. »Spätestens um eilf Uhr mittags«, erwiderte er, »wir wollen recht ordentlich zusammen Mittag essen!« »Gut, gut! komm lieber um halb eilf schon!« Doch als Sali schon im Gehen war, rief sie ihn noch einmal zurück und zeigte ein plötzlich verändertes verzweiflungsvolles Gesicht. »Es wird doch nichts daraus«, sagte sie bitterlich weinend, »ich habe keine Sonntagsschuhe mehr! Schon gestern habe ich diese groben hier anziehen müssen, um nach der Stadt zu kommen! Ich weiß keine Schuhe aufzubringen!« Sali stand ratlos und verblüfft. »Keine Schuhe!«, sagte er, »da musst du halt in diesen kommen!« »Nein, nein, in denen kann ich nicht tanzen!« »Nun, so müssen wir welche kaufen?« »Wo, mit was?« »Ei, in Seldwyl da gibt es Schuhläden genug! Geld werde ich in minder als zwei Stunden haben.« »Aber ich kann doch nicht mit dir in Seldwyl herumgehen, und dann wird das Geld nicht langen, auch noch Schuhe zu kaufen!« »Es muss! und ich will die Schuhe kaufen und morgen mitbringen!« »O du Närrchen, sie werden ja nicht passen, die du kaufst!« »So gib mir einen alten Schuh mit, oder halt, noch besser, ich will dir das Maß nehmen, das wird doch kein Hexenwerk sein!« »Das Maß nehmen? Wahrhaftig, daran hab ich nicht gedacht! Komm, komm, ich will dir ein Schnürchen suchen!« Sie setzte sich wieder auf den Herd, zog den Rock etwas zurück und streifte den Schuh vom Fuße, der noch von der gestrigen Reise her mit einem weißen Strumpfe bekleidet war. Sali kniete nieder und nahm, so gut er es verstand, das Maß, indem er den zierlichen Fuß der Länge und Breite nach umspannte mit dem Schnürchen und sorgfältig Knoten in dasselbe knüpfte. »Du Schuhmacher!«, sagte Vrenchen und lachte errötend und freundschaftlich zu ihm nieder. Sali wurde aber auch rot und hielt den Fuß fest in seinen Händen, länger als nötig war, so dass Vrenchen ihn, noch tiefer errötend, zurückzog, den verwirrten Sali aber noch einmal stürmisch umhalste und küsste, dann aber fortschickte.

Sobald er in der Stadt war, trug er seine Uhr zu einem Uhrmacher, der ihm sechs oder sieben Gulden dafür gab; für die silberne Kette bekam er auch einige Gulden, und er dünkte sich nun reich genug, denn er hatte, seit er groß war, nie so viel Geld besessen auf einmal. Wenn nur erst der Tag vorüber und der Sonntag angebrochen wäre, um das Glück damit zu erkaufen, das er sich von dem Tage versprach, dachte er; denn wenn das Übermorgen auch um so dunkler und unbekannter hereinragte, so gewann die ersehnte Lustbarkeit von morgen nur einen seltsamern erhöhten Glanz und Schein. Indessen brachte er die Zeit noch leidlich hin, indem er ein Paar Schuhe für Vrenchen suchte, und dies war ihm das vergnügteste Geschäft, das er je betrieben. Er ging von einem Schuhmacher zum andern, ließ sich alle Weiberschuhe zeigen, die vorhanden waren, und endlich handelte er ein leichtes und feines Paar ein, so hübsch, wie sie Vrenchen noch nie getragen. Er verbarg die Schuhe unter seiner Weste und tat sie die übrige Zeit des Tages nicht mehr von sich; er nahm sie sogar mit ins Bett und legte sie unter das Kopfkissen. Da er das Mädchen heute früh noch gesehen und morgen wieder sehen sollte, so schlief er fest und ruhig, war aber in aller Frühe munter und begann seinen dürftigen Sonntagsstaat zurechtzumachen und auszuputzen, so gut es gelingen wollte. Es fiel seiner Mutter auf und sie fragte verwundert, was er vorhabe, da er sich schon lange nicht mehr so sorglich angezogen. Er wolle einmal über Land gehen und sich ein wenig umtun, erwiderte er, er werde sonst krank in diesem Hause. »Das ist mir die Zeit her ein merkwürdiges Leben«, murrte der Vater, »und ein Herumschleichen!« »Lass ihn nur gehen«, sagte aber die Mutter, »es tut ihm vielleicht gut, es ist ja ein Elend, wie er aussieht!« »Hast du Geld zum Spazierengehen? woher hast du es?«, sagte der Alte. »Ich brauche keines!«, sagte Sali. »Da hast du einen Gulden!«, versetzte der Alte und warf ihm denselben hin, »du kannst im Dorf ins Wirtshaus gehen und ihn dort verzehren, damit sie nicht glauben, wir seien hier so übel dran.« »Ich will nicht ins Dorf und brauche den Gulden nicht, behaltet ihn nur!« »So hast du ihn gehabt, es wäre schad, wenn du ihn haben müsstest, du Starrkopf!«, rief Manz und schob seinen Gulden wieder in die Tasche. Seine Frau aber, welche nicht wusste, warum sie heute ihres Sohnes wegen so wehmütig und gerührt war, brachte ihm ein großes schwarzes Mailänder Halstuch mit rotem Rande, das sie nur selten getragen und er schon früher gern gehabt hätte. Er schlang es um den Hals und ließ die langen Zipfel fliegen; auch stellte er zum ersten Mal den Hemdkragen, den er sonst immer umgeschlagen, ehrbar und männlich in die Höhe, bis über die Ohren hinauf, in einer Anwandlung ländlichen Stolzes, und machte sich dann, seine Schuhe in der Brusttasche des Rockes, schon nach sieben Uhr auf den Weg. Als er die Stube verließ, drängte ihn ein seltsames Gefühl, Vater und Mutter die Hand zu geben, und auf der Straße sah er sich noch einmal nach dem Hause um. »Ich glaube am Ende«, sagte Manz, »der Bursche streicht irgendeinem Weibsbild nach; das hätten wir gerade noch nötig!« Die Frau sagte: »O wollte Gott! dass er vielleicht ein Glück machte! das täte dem armen Buben gut!« »Richtig!«, sagte der Mann, »das fehlt nicht! das wird ein himmlisches Glück geben, wenn er nur erst an eine solche Maultasche zu geraten das Unglück hat! das täte dem armen Bübchen gut! natürlich!«

Sali richtete seinen Schritt erst nach dem Flusse zu, wo er Vrenchen erwarten wollte; aber unterweges ward er andern Sinnes und ging gradezu ins Dorf, um Vrenchen im Hause selbst abzuholen, weil es ihm zu lang währte bis halb eilf. »Was kümmern uns die Leute!«, dachte er. »Niemand hilft uns und ich bin ehrlich und fürchte niemand!« So trat er unerwartet in Vrenchens Stube und ebenso unerwartet fand er es schon vollkommen angekleidet und geschmückt dasitzen und der Zeit harren, wo es gehen könne, nur die Schuhe fehlten ihm noch. Aber Sali stand mit offenem Munde still in der Mitte der Stube, als er das Mädchen erblickte, so schön sah es aus. Es hatte nur ein einfaches Kleid an von blau gefärbter Leinwand, aber dasselbe war frisch und sauber und saß ihm sehr gut um den schlanken Leib. Darüber trug es ein schneeweißes Mousselinehalstuch, und dies war der ganze Anzug. Das braune gekräuselte Haar war sehr wohl geordnet, und die sonst so wilden Löckchen lagen nun fein und lieblich um den Kopf; da Vrenchen seit vielen Wochen fast nicht aus dem Hause gekommen, so war seine Farbe zarter und durchsichtiger geworden, sowie auch vom Kummer; aber in diese Durchsichtigkeit goss jetzt die Liebe und die Freude ein Rot um das andere, und an der Brust trug es einen schönen Blumenstrauß von Rosmarin, Rosen und prächtigen Astern. Es saß am offenen Fenster und atmete still und hold die frisch durchsonnte Morgenluft; wie es aber Sali erscheinen sah, streckte es ihm beide hübsche Arme entgegen, welche vom Ellbogen an bloß waren, und rief: »Wie recht hast du, dass du schon jetzt und hierher kommst! Aber hast du mir Schuhe gebracht? Gewiss? Nun steh ich nicht auf, bis ich sie anhabe!« Er zog die ersehnten aus der Tasche und gab sie dem begierigen schönen Mädchen; es schleuderte die alten von sich, schlüpfte in die neuen, und sie passten sehr gut. Erst jetzt erhob es sich vom Stuhl, wiegte sich in den neuen Schuhen und ging eifrig einige Mal auf und nieder. Es zog das lange blaue Kleid etwas zurück und beschaute wohlgefällig die roten wollenen Schleifen, welche die Schuhe zierten, während Sali unaufhörlich die feine reizende Gestalt betrachtete, welche da in lieblicher Aufregung vor ihm sich regte und freute. »Du beschaust meinen Strauß?«, sagte Vrenchen, »hab ich nicht einen schönen zusammengebracht? Du musst wissen, dies sind die letzten Blumen, die ich noch aufgefunden in dieser Wüstenei. Hier war noch ein Röschen, dort eine Aster, und wie sie nun gebunden sind, würde man es ihnen nicht ansehen, dass sie aus einem Untergange zusammengesucht sind! Nun ist es aber Zeit, dass ich fortkomme, nicht ein Blümchen mehr im Garten und das Haus auch leer!« Sali sah sich um und bemerkte erst jetzt, dass alle Fahrhabe, die noch dagewesen, weggebracht war. »Du armes Vreeli!«, sagte er, »haben sie dir schon alles genommen?« »Gestern«, erwiderte es, »haben sie's weggeholt, was sich von der

Stelle bewegen ließ, und mir kaum mehr mein Bett gelassen. Ich hab's aber auch gleich verkauft und hab jetzt auch Geld, sieh!« Es holte einige neu glänzende Talerstücke aus der Tasche seines Kleides und zeigte sie ihm. »Damit«, fuhr es fort, »sagte der Waisenvogt, der auch hier war, solle ich mir einen Dienst suchen in einer Stadt und ich solle mich heute gleich auf den Weg machen!« »Da ist aber auch gar nichts mehr vorhanden«, sagte Sali, nachdem er in die Küche geguckt hatte, »ich sehe kein Hölzchen, kein Pfännchen, kein Messer! Hast du denn auch nicht zu Morgen gegessen?« »Nichts!«, sagte Vrenchen, »ich hätte mir etwas holen können, aber ich dachte, ich wolle lieber hungrig bleiben, damit ich recht viel essen könne mit dir zusammen, denn ich freue mich so sehr darauf, du glaubst nicht, wie ich mich freue!« »Wenn ich dich nur anrühren dürfte«, sagte Sali, »so wollte ich dir zeigen, wie es mir ist, du schönes, schönes Ding!« »Du hast recht, du würdest meinen ganzen Staat verderben, und wenn wir die Blumen ein bisschen schonen, so kommt es zugleich meinem armen Kopf zugut, den du mir übel zuzurichten pflegst!« »So komm, jetzt wollen wir ausrücken!« »Noch müssen wir warten, bis das Bett abgeholt wird; denn nachher schließe ich das leere Haus zu und gehe nicht mehr hierher zurück! Mein Bündelchen gebe ich der Frau aufzuheben, die das Bett gekauft hat.« Sie setzten sich daher einander gegenüber und warteten; die Bäuerin kam bald, eine vierschrötige Frau mit lautem Mundwerk, und hatte einen Burschen bei sich, welcher die Bettstelle tragen sollte. Als diese Frau Vrenchens Liebhaber erblickte und das geputzte Mädchen selbst, sperrte sie Maul und Augen auf, stemmte die Arme unter und schrie: »Ei sieh da, Vreeli! Du treibst es ja schon gut! Hast einen Besucher und bist gerüstet wie eine Prinzess?« »Gelt aber!«, sagte Vrenchen freundlich lachend, »wisst Ihr auch, wer das ist?« »Ei, ich denke, das ist wohl der Sali Manz? Berg und Tal kommen nicht zusammen, sagt man, aber die Leute! Aber nimm dich doch in Acht, Kind, und denk, wie es euren Eltern ergangen ist!« »Ei, das hat sich jetzt gewendet und alles ist gut geworden«, erwiderte Vrenchen lächelnd und freundlich mitteilsam, ja beinahe herablassend, »seht, Sali ist mein Hochzeiter!« »Dein Hochzeiter! was du sagst!« »Ja, und er ist ein reicher Herr, er hat hunderttausend Gulden in der Lotterie gewonnen! Denket einmal, Frau!« Diese tat einen Sprung, schlug ganz erschrocken die Hände zusammen und schrie: »Hund-hunderttausend Gulden!« »Hunderttausend Gulden!«, versicherte Vrenchen ernsthaft. »Herr du meines Lebens! Es ist aber nicht wahr, du lügst mich an, Kind!« »Nun, glaubt was Ihr wollt!« »Aber wenn es wahr ist und du heiratest ihn, was wollt ihr denn machen mit dem Gelde? Willst du wirklich eine vornehme Frau werden?« »Versteht sich, in drei Wochen halten wir die Hochzeit!« »Geh mir weg, du bist eine hässliche Lügnerin!« »Das schönste Haus hat er schon gekauft in Seldwyl mit einem großen Garten und Weinberg; Ihr müsst mich auch besuchen, wenn wir eingerichtet sind, ich zähle darauf!« »Allweg, du Teufelshexlein, was du bist!« »Ihr werdet sehen, wie schön es da ist! einen herrlichen Kaffee werde ich machen und Euch mit feinem Eierbrot aufwarten, mit Butter und Honig!« »O du Schelmenkind! zähl drauf, dass ich komme!«, rief die Frau mit lüsternem Gesicht und der Mund wässerte ihr. »Kommt Ihr aber um die Mittagszeit und seid ermüdet vom Markt, so soll Euch eine kräftige Fleischbrühe und ein Glas Wein immer parat stehen!« »Das wird mir bass tun!« »Und an etwas Zuckerwerk oder weißen Wecken für die lieben Kinder zu Hause soll es Euch auch nicht fehlen!« »Es wird mir ganz schmachtend!« »Ein artiges Halstüchelchen oder ein Restchen Seidenzeug oder ein hübsches altes Band für Eure Röcke oder ein Stück Zeug zu einer neuen Schürze wird gewiss auch zu finden sein, wenn wir meine Kisten und Kasten durchmustern in einer vertrauten Stunde!« Die Frau drehte sich auf den Hacken herum und schüttelte jauchzend ihre Röcke. »Und wenn Euer Mann ein vorteilhaftes Geschäft machen könnte mit einem Land- oder Viehhandel und er mangelt des Geldes, so wisst Ihr, wo Ihr anklopfen sollt. Mein lieber Sali wird froh sein, jederzeit ein Stück Bares sicher und erfreulich anzulegen! Ich selbst werde auch etwa einen Sparpfennig haben, einer vertrauten Freundin beizustehen!« Jetzt war der

Frau nicht mehr zu helfen, sie sagte gerührt: »Ich habe immer gesagt, du seist ein braves und gutes und schönes Kind! Der Herr wolle es dir wohl ergehen lassen immer und ewiglich und es dir gesegnen, was du an mir tust!« »Dagegen verlange ich aber auch, dass Ihr es gut mit mir meint!« »Allweg kannst du das verlangen!« »Und dass Ihr jederzeit Eure Waren, sei es Obst, seien es Kartoffeln, sei es Gemüse, erst zu mir bringet und mir anbietet, ehe Ihr auf den Markt gehet, damit ich sicher sei, eine rechte Bäuerin an der Hand zu haben, auf die ich mich verlassen kann! Was irgendeiner gibt für die Ware, werde ich gewiss auch geben mit tausend Freuden, Ihr kennt mich ja! Ach, es ist nichts Schöneres, als wenn eine wohlhabende Stadtfrau, die so ratlos in ihren Mauern sitzt und doch so vieler Dinge benötigt ist, und eine rechtschaffene ehrliche Landfrau, erfahren in allem Wichtigen und Nützlichen, eine gute und dauerhafte Freundschaft zusammen haben! Es kommt einem zugut in hundert Fällen, in Freud und Leid, bei Gevatterschaften und Hochzeiten, wenn die Kinder unterrichtet werden und konfirmiert, wenn sie in die Lehre kommen und wenn sie in die Fremde sollen! Bei Misswachs und Überschwemmungen, bei Feuersbrünsten und Hagelschlag, wofür uns Gott behüte!« »Wofür uns Gott behüte!«, sagte die gute Frau schluchzend und trocknete mit ihrer Schürze die Augen; »welch ein verständiges und tiefsinniges Bräutlein bist du, ja, dir wird es gut gehen, da müsste keine Gerechtigkeit in der Welt sein! Schön, sauber, klug und weise bist du, arbeitsam und geschickt zu allen Dingen! Keine ist feiner und besser als du, in und außer dem Dorfe, und wer dich hat, der muss meinen, er sei im Himmelreich, oder er ist ein Schelm und hat es mit mir zu tun. Hör, Sali! dass du nur recht artlich bist mit meinem Vreeli, oder ich will dir den Meister zeigen, du Glückskind, das du bist, ein solches Röslein zu brechen!« »So nehmt jetzt auch hier noch mein Bündel mit, wie Ihr mir versprochen habt, bis ich es abholen lassen werde! Vielleicht komme ich aber selbst in der Kutsche und hole es ab, wenn Ihr nichts dagegen habt! Ein Töpfchen Milch werdet Ihr mir nicht abschlagen alsdann, und etwa eine schöne Mandeltorte dazu werde ich schon selbst mitbringen!« »Tausendskind! Gib her den Bündel!« Vrenchen lud ihr auf das zusammengebundene Bett, das sie schon auf dem Kopfe trug, einen langen Sack, in welchen es sein Plunder und Habseliges gestopft, sodass die arme Frau mit einem schwankenden Turme auf dem Haupte dastand. »Es wird mir doch fast zu schwer auf einmal«, sagte sie, »könnte ich nicht zweimal dran machen?« »Nein nein! wir müssen jetzt augenblicklich gehen, denn wir haben einen weiten Weg, um vornehme Verwandte zu besuchen, die sich jetzt gezeigt haben, seit wir reich sind! Ihr wisst ja, wie es geht!« »Weiß wohl! So behüt dich Gott und denk an mich in deiner Herrlichkeit!«

Die Bäuerin zog ab mit ihrem Bündelturme, mit Mühe das Gleichgewicht behauptend, und hinter ihr drein ging ihr Knechtchen, das sich in Vrenchens einst buntbemalte Bettstatt hineinstellte, den Kopf gegen den mit verblichenen Sternen bedeckten Himmel derselben stemmte und, ein zweiter Simson, die zwei vorderen zierlich geschnitzten Säulen fasste, welche diesen Himmel trugen. Als Vrenchen, an Sali gelehnt, dem Zug nachschaute und den wandelnden Tempel zwischen den Gärten sah, sagte es: »Das gäbe noch ein artiges Gartenhäuschen oder eine Laube, wenn man's in einen Garten pflanzte, ein Tischchen und ein Bänklein drein stellte und Winden drum herumsäete! Wolltest du mit darin sitzen, Sali?« »Ja, Vreeli! besonders wenn die Winden aufgewachsen wären!« »Was stehen wir noch?«, sagte Vrenchen, »nichts hält uns mehr zurück!« »So komm und schließ das Haus zu! Wem willst du denn den Schlüssel übergeben?« Vrenchen sah sich um. »Hier an die Helbart wollen wir ihn hängen; sie ist über hundert Jahr in diesem Hause gewesen, habe ich den Vater oft sagen hören, nun steht sie da als der letzte Wächter!« Sie hingen den rostigen Hausschlüssel an einen rostigen Schnörkel der alten Waffe, an welcher die Bohnen rankten, und gingen davon. Vrenchen wurde aber bleicher und verhüllte ein Weilchen die Augen, dass Sali es führen musste, bis sie ein Dutzend Schritte entfernt waren. Es sah aber nicht zurück. »Wo gehen wir nun zuerst hin?«, fragte es. »Wir wollen ordentlich über Land gehen«, erwiderte Sali, »wo es uns freut den ganzen Tag, uns nicht übereilen, und gegen Abend werden wir dann schon einen Tanzplatz finden!« »Gut!«, sagte Vrenchen, »den ganzen Tag werden wir beisammen sein und gehen, wo wir Lust haben. Jetzt ist mir aber elend, wir wollen gleich im andern Dorf einen Kaffee trinken!« »Versteht sich!«, sagte Sali, »mach nur, dass wir aus diesem Dorf wegkommen!«

Bald waren sie auch im freien Felde und gingen still nebeneinander durch die Fluren; es war ein schöner Sonntagmorgen im September, keine Wolke stand am Himmel, die Höhen und die Wälder waren mit einem zarten Duftgewebe bekleidet, welches die Gegend geheimnisvoller und feierlicher machte, und von allen Seiten tönten die Kirchenglocken herüber, hier das harmonische tiefe Geläute einer reichen Ortschaft, dort die geschwätzigen zwei Bimmelglöcklein eines kleinen armen Dörfchens. Das liebende Paar vergaß, was am Ende dieses Tages werden sollte, und gab sich einzig der hoch aufatmenden wortlosen Freude hin, sauber gekleidet und frei, wie zwei Glückliche, die sich von Rechts wegen angehören, in den Sonntag hineinzuwandeln. Jeder in der Sonntagsstille verhallende Ton oder ferne Ruf klang ihnen erschütternd durch die Seele; denn die Liebe ist eine Glocke, welche das Entlegenste und Gleichgültigste wiedertönen lässt und in eine besondere Musik verwandelt. Obgleich sie hungrig waren, dünkte sie die halbe Stunde Weges bis zum nächsten Dorfe nur ein Katzensprung lang zu sein, und sie betraten zögernd das Wirtshaus am Eingang des Ortes. Sali bestellte ein gutes Frühstück, und während es bereitet wurde, sahen sie mäuschenstill der sicheren und freundlichen Wirtschaft in der großen reinlichen Gaststube zu. Der Wirt war zugleich ein Bäcker, das eben Gebackene durchduftete angenehm das ganze Haus, und Brot allerart wurde in gehäuften Körben herbeigetragen, da nach der Kirche die Leute hier ihr Weißbrot holten oder ihren Frühschoppen tranken. Die Wirtin, eine artige und saubere Frau, putzte gelassen und freundlich ihre Kinder heraus, und sowie eines entlassen war, kam es zutraulich zu Vrenchen gelaufen, zeigte ihm seine Herrlichkeiten und erzählte von allem, dessen es sich erfreute und rühmte. Wie nun der wohlduftende starke Kaffee kam, setzten sich die zwei Leutchen schüchtern an den Tisch, als ob sie da zu Gast gebeten wären. Sie ermunterten sich jedoch bald und flüsterten bescheiden, aber glückselig miteinander; ach, wie schmeckte dem aufblühenden Vrenchen der gute Kaffee, der fette Rahm, die frischen, noch warmen Brötchen, die schöne Butter und der Honig, der Eierkuchen und was alles noch für Leckerbissen da waren! Sie schmeckten ihm, weil es den Sali dazu ansah, und es aß so vergnügt, als ob es ein Jahr lang gefastet hätte. Dazu freute es sich über das feine Geschirr, über die silbernen Kaffeelöffelchen; denn die Wirtin schien sie für rechtliche junge Leutchen zu halten, die man anständig bedienen müsse, und setzte sich auch ab und zu plaudernd zu ihnen, und die beiden gaben ihr verständigen Bescheid, welches ihr gefiel. Es ward dem guten Vrenchen so wählig zu Mut, dass es nicht wusste, mochte es lieber wieder ins Freie, um allein mit seinem Schatz herumzuschweifen durch Auen und Wälder, oder mochte es lieber in der gastlichen Stube bleiben, um wenigstens auf Stunden sich an einem stattlichen Orte zu Hause zu träumen. Doch Sali erleichterte die Wahl, indem er ehrbar und geschäftig zum Aufbruch mahnte, als ob sie einen bestimmten und wichtigen Weg zu machen hätten. Die Wirtin und der Wirt begleiteten sie bis vor das Haus und entließen sie auf das wohlwollendste wegen ihres guten Benehmens, trotz der durchscheinenden Dürftigkeit, und das arme junge Blut verabschiedete sich mit den besten Manieren von der Welt und wandelte sittig und ehrbar von hinnen. Aber auch als sie schon wieder im Freien waren und einen stundenlangen Eichwald betraten, gingen sie noch in dieser Weise nebeneinander her, in angenehme Träume vertieft, als ob sie nicht aus zank- und elenderfüllten vernichteten Häusern herkämen, sondern guter Leute Kinder wären, welche in lieblicher Hoffnung wandelten. Vrenchen senkte das Köpfchen tiefsinnig gegen seine blumengeschmückte Brust und ging, die Hände sorglich an das

Gewand gelegt, einher auf dem glatten feuchten Waldboden; Sali dagegen schritt schlank aufgerichtet, rasch und nachdenklich, die Augen auf die festen Eichenstämme geheftet, wie ein Bauer, der überlegt, welche Bäume er am vorteilhaftesten fällen soll. Endlich erwachten sie aus diesen vergeblichen Träumen, sahen sich an und entdeckten, dass sie immer noch in der Haltung gingen, in welcher sie das Gasthaus verlassen, erröteten und ließen traurig die Köpfe hängen. Aber Jugend hat keine Tugend; der Wald war grün, der Himmel blau und sie allein in der weiten Welt, und sie überließen sich alsbald wieder diesem Gefühle. Doch blieben sie nicht lange mehr allein, da die schöne Waldstraße sich belebte mit lustwandelnden Gruppen von jungen Leuten sowie mit einzelnen Paaren, welche schäkernd und singend die Zeit nach der Kirche verbrachten. Denn die Landleute haben so gut ihre ausgesuchten Promenaden und Lustwälder wie die Städter, nur mit dem Unterschied, dass dieselben keine Unterhaltung kosten und noch schöner sind; sie spazieren nicht nur mit einem besondern Sinn des Sonntags durch ihre blühenden und reifenden Felder, sondern sie machen sehr gewählte Gänge durch Gehölze und an grünen Halden entlang, setzen sich hier auf eine anmutige fernsichtige Höhe, dort an einen Waldrand, lassen ihre Lieder ertönen und die schöne Wildnis ganz behaglich auf sich einwirken; und da sie dies offenbar nicht zu ihrer Pönitenz tun, sondern zu ihrem Vergnügen, so ist wohl anzunehmen, dass sie Sinn für die Natur haben, auch abgesehen von ihrer Nützlichkeit. Immer brechen sie was Grünes ab, junge Bursche wie alte Mütterchen, welche die alten Wege ihrer Jugend aufsuchen, und selbst steife Landmänner in den besten Geschäftsjahren, wenn sie über Land gehen, schneiden sich gern eine schlanke Gerte, sobald sie durch einen Wald gehen, und schälen die Blätter ab, von denen sie nur oben ein grünes Büschel stehen lassen. Solche Rute tragen sie wie ein Szepter vor sich hin; wenn sie in eine Amtsstube oder Kanzlei treten, so stellen sie die Gerte ehrerbietig in einen Winkel, vergessen aber auch nach den ernstesten Verhandlungen nie, dieselbe säuberlich wieder mitzunehmen und unversehrt nach

Hause zu tragen, wo es erst dem kleinsten Söhnchen gestattet ist, sie zugrunde zu richten. – Als Sali und Vrenchen die vielen Spaziergänger sahen, lachten sie ins Fäustchen und freuten sich, auch gepaart zu sein, schlüpften aber seitwärts auf engere Waldpfade, wo sie sich in tiefen Einsamkeiten verloren. Sie hielten sich auf, wo es sie freute, eilten vorwärts und ruhten wieder, und wie keine Wolke am reinen Himmel stand, trübte auch keine Sorge in diesen Stunden ihr Gemüt; sie vergaßen, woher sie kamen und wohin sie gingen, und benahmen sich so fein und ordentlich dabei, dass trotz aller frohen Erregung und Bewegung Vrenchens niedlicher einfacher Aufputz so frisch und unversehrt blieb, wie er am Morgen gewesen war. Sali betrug sich auf diesem Wege nicht wie ein beinahe zwanzigjähriger Landbursche oder der Sohn eines verkommenen Schenkwirtes, sondern wie wenn er einige Jahre jünger und sehr wohl erzogen wäre, und es war beinahe komisch, wie er nur immer sein feines lustiges Vrenchen ansah, voll Zärtlichkeit, Sorgfalt und Achtung. Denn die armen Leutchen mussten an diesem einen Tage, der ihnen vergönnt war, alle Manieren und Stimmungen der Liebe durchleben und sowohl die verlorenen Tage der zarteren Zeit nachholen als das leidenschaftliche Ende vorausnehmen mit der Hingabe ihres Lebens.

So liefen sie sich wieder hungrig und waren erfreut, von der Höhe eines schattenreichen Berges ein glänzendes Dorf vor sich zu sehen, wo sie Mittag halten wollten. Sie stiegen rasch hinunter, betraten dann aber ebenso sittsam diesen Ort, wie sie den vorigen verlassen. Es war niemand um den Weg, der sie erkannt hätte; denn besonders Vrenchen war die letzten Jahre hindurch gar nicht unter die Leute und noch weniger in andere Dörfer gekommen. Deshalb stellten sie ein wohlgefälliges ehrsames Pärchen vor, das irgendeinen angelegentlichen Gang tut. Sie gingen ins erste Wirtshaus des Dorfes, wo Sali ein erkleckliches Mahl bestellte; ein eigener Tisch wurde ihnen sonntäglich gedeckt und sie saßen wieder still und bescheiden daran und beguckten die schön getäfelten Wände von gebohntem Nussbaumholz, das ländliche, aber glänzende und wohlbestellte Büffet von gleichem Holze und die klaren weißen Fenstervorhänge. Die Wirtin trat zutulich herzu und setzte ein Geschirr voll frischer Blumen auf den Tisch. »Bis die Suppe kommt«, sagte sie, »könnt ihr, wenn es euch gefällig ist, einstweilen die Augen sättigen an dem Strauße. Allem Anschein nach, wenn es erlaubt ist zu fragen, seid ihr ein junges Brautpaar, das gewiss nach der Stadt geht, um sich morgen kopulieren zu lassen?« Vrenchen wurde rot und wagte nicht aufzusehen, Sali sagte auch nichts und die Wirtin fuhr fort: »Nun, ihr seid freilich beide noch wohl jung, aber jung geheiratet lebt lang, sagt man zuweilen, und ihr seht wenigstens hübsch und brav aus und braucht euch nicht zu verbergen. Ordentliche Leute können etwas zuwege bringen, wenn sie so jung zusammenkommen und fleißig und treu sind. Aber das muss man freilich sein, denn die Zeit ist kurz und doch lang, und es kommen viele Tage, viele Tage! Je nun, schön genug sind sie und amüsant dazu, wenn man gut Haus hält damit! Nichts für ungut, aber es freut mich, euch anzusehen, so ein schmuckes Pärchen seid ihr!« Die Kellnerin brachte die Suppe, und da sie einen Teil dieser Worte noch gehört und lieber selbst geheiratet hätte, so sah sie Vrenchen mit scheelen Augen an, welches nach ihrer Meinung so gedeihliche Wege ging. In der Nebenstube ließ die unliebliche Person ihren Unmut frei und sagte zur Wirtin, welche dort zu schaffen hatte, so laut, dass man es hören konnte: »Das ist wieder ein rechtes Hudelvölkchen, das, wie es geht und steht, nach der Stadt läuft und sich kopulieren lässt, ohne einen Pfennig, ohne Freunde, ohne Aussteuer und ohne Aussicht als auf Armut und Bettelei! Wo soll das noch hinaus, wenn solche Dinger heiraten, die die Jüppe noch nicht allein anziehen und keine Suppe kochen können? Ach der hübsche junge Mensch kann mich nur dauern, der ist schön petschiert mit seiner jungen Gungeline!« »Bscht! willst du wohl schweigen, du hässiges Ding!«, sagte die Wirtin, »denen lasse ich nichts geschehen! Das sind gewiss zwei recht ordentliche Leutlein aus den Bergen, wo die Fabriken sind; dürftig sind sie gekleidet, aber sauber, und wenn sie sich nur gern haben und arbeitsam sind, so werden sie weiter kommen als du mit deinem bösen Maul! Du kannst freilich noch lang warten, bis dich einer abholt, wenn du nicht freundlicher bist, du Essighafen!«

So genoss Vrenchen alle Wonnen einer Braut, die zur Hochzeit reiset: die wohlwollende Ansprache und Aufmunterung einer sehr vernünftigen Frau, den Neid einer heiratslustigen bösen Person, welche aus Ärger den Geliebten lobte und bedauerte, und ein leckeres Mittagsmahl an der Seite eben dieses Geliebten. Es glühte im Gesicht wie eine rote Nelke, das Herz klopfte ihm, aber es aß und trank nichtsdestominder mit gutem Appetit und war mit der aufwartenden Kellnerin nur um so artiger, konnte aber nicht unterlassen, dabei den Sali zärtlich anzusehen und mit ihm zu lispeln, so dass es diesem auch ganz kraus im Gemüt wurde. Sie saßen indessen lang und gemächlich am Tische, wie wenn sie zögerten und sich scheuten, aus der holden Täuschung herauszugehen. Die Wirtin brachte zum Nachtisch süßes Backwerk und Sali bestellte feinern und stärkern Wein dazu, welcher Vrenchen feurig durch die Adern rollte, als es ein wenig davon trank; aber es nahm sich in Acht, nippte bloß zuweilen und saß so züchtig und verschämt da wie eine wirkliche Braut. Halb spielte es aus Schalkheit diese Rolle und aus Lust zu versuchen, wie es tue, halb war es ihm in der Tat so zumut und vor Bangigkeit und heißer Liebe wollte ihm das Herz brechen, sodass es ihm zu eng ward innerhalb der vier Wände und es zu gehen begehrte. Es war, als ob sie sich scheuten, auf dem Wege wieder so abseits und allein zu sein; denn sie gingen unverabredet auf der Hauptstraße weiter, mitten durch die Leute, und sahen weder rechts noch links. Als sie aber aus dem Dorfe waren und auf das nächstgelegene zugingen, wo Kirchweih war, hing sich Vrenchen an Salis Arm und flüsterte mit zitternden Worten: »Sali! warum sollen wir uns nicht haben und glücklich sein?« »Ich weiß auch nicht warum!«, erwiderte er und heftete seine Augen an den milden Herbstsonnenschein, der auf den Auen webte, und er musste sich bezwingen und das Gesicht ganz sonderbar verziehen. Sie standen still, um sich zu küssen; aber es zeigten sich Leute und sie unterließen es und zogen weiter. Das große Kirchdorf, in dem Kirchweih war, belebte sich schon von der Lust des Volkes; aus dem stattlichen Gasthofe tönte eine pomphafte Tanzmusik, da die jungen Dörfler bereits um Mittag den Tanz angehoben, und auf dem Platz vor dem Wirtshause war ein kleiner Markt aufgeschlagen, bestehend aus einigen Tischen mit Süßigkeiten und Backwerk und ein paar Buden mit Flitterstaat, um welche sich die Kinder und dasjenige Volk drängten, welches sich einstweilen mehr mit Zusehen begnügte. Sali und Vrenchen traten auch zu den Herrlichkeiten und ließen ihre Augen darüberfliegen; denn beide hatten zugleich die Hand in der Tasche und jedes wünschte dem andern etwas zu schenken, da sie zum ersten und einzigen Male miteinander zu Markt waren; Sali kaufte ein großes Haus von Lebkuchen, das mit Zuckerguss freundlich geweißt war, mit einem grünen Dach, auf welchem weiße Tauben saßen und aus dessen Schornstein ein Amörchen guckte als Kaminfeger; an den offenen Fenstern umarmten sich pausbäckige Leutchen mit winzig kleinen roten Mündchen, die sich recht eigentlich küssten, da der flüchtige praktische Maler mit einem Kleckschen gleich zwei Mündchen gemacht, die so ineinander verflossen. Schwarze Pünktchen stellten muntere Äuglein vor. Auf der rosenroten Haustür aber waren diese Verse zu lesen:

Tritt in mein Haus, o Liebste!
Doch sei Dir unverhehlt:
Drin wird allein nach Küssen
Gerechnet und gezählt.

Die Liebste sprach: »O Liebster,
Mich schrecket nichts zurück!
Hab alles wohl erwogen:
In Dir nur lebt mein Glück!

Und wenn ich's recht bedenke,
Kam ich deswegen auch!«

Nun denn, spazier mit Segen
Herein und üb den Brauch!

Ein Herr in einem blauen Frack und eine Dame mit einem sehr hohen Busen komplimentierten sich diesen Versen gemäß in das Haus hinein, links und rechts an die Mauer gemalt. Vrenchen schenkte Sali dagegen ein Herz, auf dessen einer Seite ein Zettelchen klebte mit den Worten:

Ein süßer Mandelkern steckt in dem Herze hier,
Doch süßer als der Mandelkern ist meine Lieb zu Dir!

Und auf der anderen Seite:

Wenn Du dies Herz gegessen, vergiss dies Sprüchlein nicht:
Viel eh'r als meine Liebe mein braunes Auge bricht!

Sie lasen eifrig die Sprüche und nie ist etwas Gereimtes und Gedrucktes schöner befunden und tiefer empfunden worden als diese Pfefferkuchensprüche; sie hielten, was sie lasen, in besonderer Absicht auf sich gemacht, so gut schien es ihnen zu passen. »Ach«, seufzte Vrenchen, »du schenkst mir ein Haus! Ich habe dir auch eines und erst das wahre geschenkt; denn unser Herz ist jetzt unser Haus, darin wir wohnen, und wir tragen so unsere Wohnung mit uns, wie die Schnecken! Andere haben wir nicht!« »Dann sind wir aber zwei Schnecken, von denen jede das Häuschen der andern trägt!«, sagte Sali, und Vrenchen erwiderte: »Desto weniger dürfen wir voneinander gehen, damit jedes seiner Wohnung nah bleibt!« Doch wussten sie nicht, dass sie in ihren Reden eben solche Witze machten, als auf den vielfach geformten Lebkuchen zu lesen waren, und fuhren fort diese süße einfache Liebesliteratur zu studieren, die da ausgebreitet lag und besonders auf vielfach verzierte kleine und große Herzen geklebt war. Alles dünkte sie schön und einzig zutreffend; als Vrenchen auf einem vergoldeten Herzen, das wie eine Lyra mit Saiten bespannt war, las: »Mein Herz ist wie ein Zitherspiel, rührt man es viel, so tönt es viel!«, ward ihm so musikalisch zumut, dass es glaubte, sein eigenes Herz klingen zu hören. Ein Napoleonsbild war da, welches aber auch der Träger eines verliebten Spruches sein musste, denn es stand darunter geschrieben: »Groß war der Held Napoleon, sein Schwert von Stahl, sein Herz von Ton; meine Liebe trägt ein Röslein frei, doch ist ihr Herz wie Stahl so treu!« – Während sie aber beiderseitig in das Lesen vertieft schienen, nahm jedes die Gelegenheit wahr, einen heimlichen Einkauf zu machen. Sali kaufte für Vrenchen ein vergoldetes Ringelchen mit einem grünen Glassteinchen, und Vrenchen einen Ring von schwarzem Gemshorn, auf welchem ein goldenes Vergissmeinnicht eingelegt war. Wahrscheinlich hatten sie den gleichen Gedanken, sich diese armen Zeichen bei der Trennung zu geben.

Während sie in diese Dinge sich versenkten, waren sie so vergessen, dass sie nicht bemerkten, wie nach und nach ein weiter Ring sich um sie gebildet hatte von Leuten, die sie aufmerksam und neugierig betrachteten. Denn da viele junge Burschen und Mädchen aus ihrem Dorfe hier waren, so waren sie erkannt worden, und alles stand jetzt in einiger Entfernung um sie herum und sah mit Verwunderung auf das wohlgeputzte Paar, welches in andächtiger Innigkeit die Welt um sich her zu vergessen schien. »Ei seht!«, hieß es, »das ist ja wahrhaftig das Vrenchen Marti und der Sali aus der Stadt! Die haben sich ja säuberlich gefunden und verbunden! Und welche Zärtlichkeit und Freundschaft, seht doch, seht! Wo die wohl hinaus wollen?« Die Verwunderung dieser Zuschauer war ganz seltsam gemischt aus Mitleid mit dem Unglück, aus Verachtung der Verkommenheit und Schlechtigkeit der Eltern und aus Neid gegen das Glück und die Einigkeit des Paares, welches auf eine ganz ungewöhnliche und fast vornehme Weise verliebt und aufgeregt war und in dieser rückhaltlosen Hingebung und Selbstvergessenheit dem rohen Völkchen ebenso fremd erschien wie in seiner Verlassenheit und Armut. Als sie daher endlich aufwachten und um sich sahen, erschauten sie nichts als gaffende Gesichter von allen Seiten; niemand grüßte sie und sie wussten nicht, sollten sie jemand grüßen, und diese Verfremdung und Unfreundlichkeit war von beiden Seiten mehr Verlegenheit als Absicht. Es wurde Vrenchen bang und heiß, es wurde bleich und rot, Sali nahm es aber bei der Hand und führte das arme Wesen hinweg, das ihm mit seinem Haus in der Hand willig folgte, obgleich die Trompeten im Wirtshause lustig schmetterten und Vrenchen so gern tanzen wollte. »Hier können wir nicht tanzen!«, sagte Sali, als sie sich etwas entfernt hatten, »wir würden hier wenig Freude haben, wie es scheint!« »Jedenfalls«, sagte Vrenchen traurig, »es wird auch am besten sein, wir lassen es ganz bleiben, und ich sehe, wo ich ein Unterkommen finde!« »Nein«, rief Sali, »du sollst einmal tanzen, ich habe dir darum Schuhe gebracht! Wir wollen gehen, wo das arme Volk sich lustig macht, zu dem wir jetzt auch gehören, da werden sie uns nicht verachten; im Paradiesgärtchen wird jedes Mal auch getanzt, wenn hier Kirchweih ist, da es in die Kirchgemeinde gehört, und dorthin wollen wir gehen, dort kannst du zur Not auch übernachten.« Vrenchen schauerte zusammen bei dem Gedanken, nun zum ersten Mal an einem unbekannten Ort zu schlafen; doch folgte es willenlos seinem Führer, der jetzt alles war, was es in der Welt hatte. Das Paradiesgärtlein war ein schön gelegenes Wirtshaus an einer einsamen Berghalde, das weit über das Land wegsah, in welchem aber an solchen Vergnügungstagen nur das ärmere Volk, die Kinder der ganz kleinen Bauern und Tagelöhner und sogar mancherlei fahrendes Gesinde verkehrte. Vor hundert Jahren war es als ein kleines Landhaus von einem reichen Sonderling gebaut worden, nach welchem niemand mehr da wohnen mochte, und da der Platz sonst zu nichts zu gebrauchen war, so geriet der wunderliche Landsitz in Verfall und zuletzt in die Hände eines Wirtes, der da sein Wesen trieb. Der Name und die demselben entsprechende Bauart waren aber dem Hause geblieben. Es bestand nur aus einem Erdgeschoss, über welchem ein offener Estrich gebaut war, dessen Dach an den vier Ecken von Bildern aus Sandstein getragen wurde, so die vier Erzengel vorstellten und gänzlich verwittert waren. Auf dem Gesimse des

Daches saßen ringsherum kleine musizierende Engel mit dicken Köpfen und Bäuchen, den Triangel, die Geige, die Flöte, Zimbel und Tamburin spielend, ebenfalls aus Sandstein, und die Instrumente waren ursprünglich vergoldet gewesen. Die Decke inwendig sowie die Brustwehr des Estrichs und das übrige Gemäuer des Hauses waren mit verwaschenen Freskomalereien bedeckt, welche lustige Engelscharen sowie singende und tanzende Heilige darstellten. Aber alles war verwischt und undeutlich wie ein Traum und überdies reichlich mit Weinreben übersponnen, und blaue reifende Trauben hingen überall in dem Laube. Um das Haus herum standen verwilderte Kastanienbäume, und knorrige starke Rosenbüsche, auf eigene Hand fortlebend, wuchsen da und dort so wild herum wie anderswo die Holunderbäume. Der Estrich diente zum Tanzsaal; als Sali mit Vrenchen daherkam, sahen sie schon von weitem die Paare unter dem offenen Dache sich drehen, und rund um das Haus zechten und lärmten eine Menge lustiger Gäste. Vrenchen, welches andächtig und wehmütig sein Liebeshaus trug, glich einer heiligen Kirchenpatronin auf alten Bildern, welche das Modell eines Domes oder Klosters auf der Hand hält, so sie gestiftet; aber aus der frommen Stiftung, die ihm im Sinne lag, konnte nichts werden. Als es aber die wilde Musik hörte, welche vom Estrich ertönte, vergaß es sein Leid und verlangte endlich nichts als mit Sali zu tanzen. Sie drängten sich durch die Gäste, die vor dem Hause saßen und in der Stube, verlumpte Leute aus Seldwyla, die eine billige Landpartie machten, armes Volk von allen Enden, und stiegen die Treppe hinauf, und sogleich drehten sie sich im Walzer herum, keinen Blick voneinander abwendend. Erst als der Walzer zu Ende, sahen sie sich um; Vrenchen hatte sein Haus zerdrückt und zerbrochen und wollte eben betrübt darüber werden, als es noch mehr erschrak über den schwarzen Geiger, in dessen Nähe sie standen. Er saß auf einer Bank, die auf einem Tische stand, und sah so schwarz aus wie gewöhnlich; nur hatte er heute einen grünen Tannenbusch auf sein Hütchen gesteckt, zu seinen Füßen hatte er eine Flasche Rotwein und ein Glas stehen, welche er nie umstieß, obgleich er fortwährend mit den Beinen strampelte, wenn er geigte, und so eine Art von Eiertanz damit vollbrachte. Neben ihm saß noch ein schöner, aber trauriger junger Mensch mit einem Waldhorn, und ein Buckliger stand an einer Bassgeige. Sali erschrak auch, als er den Geiger erblickte; dieser grüßte sie aber auf das freundlichste und rief: »Ich habe doch gewusst, dass ich euch noch einmal aufspielen werde! So macht euch nur recht lustig, ihr Schätzchen, und tut mir Bescheid!« Er bot Sali das volle Glas und Sali trank und tat ihm Bescheid. Als der Geiger sah, wie erschrocken Vrenchen war, suchte er ihm freundlich zuzureden und machte einige fast anmutige Scherze, die es zum Lachen brachten. Es ermunterte sich wieder, und nun waren sie froh, hier einen Bekannten zu haben und gewissermaßen unter dem besondern Schutze des Geigers zu stehen. Sie tanzten nun ohne Unterlass, sich und die Welt vergessend in dem Drehen, Singen und Lärmen, welches in und außer dem Hause rumorte und vom Berge weit in die Gegend hinausschallte, welche sich allmählig in den silbernen Duft des Herbstabends hüllte. Sie tanzten, bis es dunkelte und der größere Teil der lustigen Gäste sich schwankend und johlend nach allen Seiten entfernte. Was noch zurückblieb, war das eigentliche Hudelvölkchen, welches nirgends zu Hause war und sich zum guten Tag auch noch eine gute Nacht machen wollte. Unter diesen waren einige, welche mit dem Geiger gut bekannt schienen und fremdartig aussahen in ihrer zusammengewürfelten Tracht. Besonders ein junger Bursche fiel auf, der eine grüne Manchesterjacke trug und einen zerknitterten Strohhut, um den er einen Kranz von Ebereschen oder Vogelbeerbüscheln gebunden hatte. Dieser führte eine wilde Person mit sich, die einen Rock von kirschrotem weißgetüpfeltem Kattun trug und sich einen Reifen von Rebenschossen um den Kopf gebunden, sodass an jeder Schläfe eine blaue Traube hing. Dies Paar war das ausgelassenste von allen, tanzte und sang unermüdlich und war in allen Ecken zugleich. Dann war noch ein schlankes hübsches Mädchen da, welches ein schwarzseidenes abgeschossenes Kleid trug und ein weißes Tuch um den Kopf, dass der Zipfel über den Rücken fiel. Das Tuch zeigte rote, eingewobene Streifen und war eine gute leinene Handzwehle oder Serviette. Darunter leuchteten aber ein Paar veilchenblaue Augen hervor. Um den Hals und auf der Brust hing eine sechsfache Kette von Vogelbeeren auf einen Faden gezogen und ersetzte die schönste Korallenschnur. Diese Gestalt tanzte fortwährend allein mit sich selbst und verweigerte hartnäckig mit einem der Gesellen zu tanzen. Nichtsdestominder bewegte sie sich anmutig und leicht herum und lächelte jedes Mal, wenn sie sich an dem traurigen Waldhornbläser vorüberdrehte, wozu dieser immer den Kopf abwandte. Noch einige andere vergnügte Frauensleute waren da mit ihren Beschützern, alle von dürftigem Aussehen, aber sie waren umso lustiger und in bester Eintracht untereinander. Als es gänzlich dunkel war, wollte der Wirt keine Lichter anzünden, da er behauptete, der Wind lösche sie aus, auch ginge der Vollmond sogleich auf und für das, was ihm diese Herrschaften einbrächten, sei das Mondlicht gut genug. Diese Eröffnung wurde mit großem Wohlgefallen aufgenommen; die ganze Gesellschaft stellte sich an die Brüstung des luftigen Saales und sah dem Aufgange des Gestirnes entgegen, dessen Röte schon am Horizonte stand; und sobald der Mond aufging und sein Licht quer durch den Estrich des Paradiesgärtels warf, tanzten sie im Mondschein weiter, und zwar so still, artig und seelenvergnügt, als ob sie im Glanze von hundert Wachskerzen tanzten. Das seltsame Licht machte alle vertrauter, und so konnten Sali und Vrenchen nicht umhin, sich unter die gemeinsame Lustbarkeit zu mischen und auch mit andern zu tanzen. Aber jedesmal, wenn sie ein Weilchen getrennt gewesen, flogen sie zusammen und feierten ein Wiedersehen, als ob sie sich jahrelang gesucht und endlich gefunden. Sali machte ein trauriges und unmutiges Gesicht, wenn er mit einer anderen tanzte, und drehte fortwährend das Gesicht nach Vrenchen hin, welches ihn nicht ansah, wenn es vorüberschwebte, glühte wie eine Purpurrose und überglücklich schien, mit wem es auch tanzte. »Bist du eifersüchtig, Sali?«, fragte es ihn, als die Musikanten müde waren und aufhörten.

»Gott bewahre!«, sagte er, »ich wüsste nicht, wie ich es anfangen sollte!« »Warum bist du denn so bös, wenn ich mit andern tanze?« »Ich bin nicht darüber bös, sondern weil ich mit andern tanzen muss! Ich kann kein anderes Mädchen ausstehen, es ist mir, als wenn ich ein Stück Holz im Arm habe, wenn du es nicht bist! Und du? wie geht es dir?« »O, ich bin immer wie im Himmel, wenn ich nur tanze und weiß, dass du zugegen bist! Aber ich glaube, ich würde sogleich tot umfallen, wenn du weggingest und mich daließest!« Sie waren hinabgegangen und standen vor dem Hause; Vrenchen umschloss ihn mit beiden Armen, schmiegte seinen schlanken zitternden Leib an ihn, drückte seine glühende Wange, die von heißen Tränen feucht war, an sein Gesicht und sagte schluchzend: »Wir können nicht zusammen sein und doch kann ich nicht von dir lassen, nicht einen Augenblick mehr, nicht eine Minute!« Sali umarmte und drückte das Mädchen heftig an sich und bedeckte es mit Küssen. Seine verwirrten Gedanken rangen nach einem Ausweg, aber er sah keinen. Wenn auch das Elend und die Hoffnungslosigkeit seiner Herkunft zu überwinden gewesen wären, so war seine Jugend und unerfahrene Leidenschaft nicht beschaffen, sich eine lange Zeit der Prüfung und Entsagung vorzunehmen und zu überstehen, und dann wäre erst noch Vrenchens Vater dagewesen, welchen er zeitlebens elend gemacht. Das Gefühl, in der bürgerlichen Welt nur in einer ganz ehrlichen und gewissenfreien Ehe glücklich sein zu können, war in ihm ebenso lebendig wie in Vrenchen, und in beiden verlassenen Wesen war es die letzte Flamme der Ehre, die in früheren Zeiten in ihren Häusern geglüht hatte und welche die sich sicher fühlenden Väter durch einen unscheinbaren Missgriff ausgeblasen und zerstört hatten, als sie, eben diese Ehre zu äufnen wähnend durch Vermehrung ihres Eigentums, so gedankenlos sich das Gut eines Verschollenen aneigneten, ganz gefahrlos, wie sie meinten. Das geschieht nun freilich alle Tage; aber zuweilen stellt das Schicksal ein Exempel auf und lässt zwei solche Äufner ihrer Hausehre und ihres Gutes zusammentreffen, die sich dann unfehlbar aufreiben und auffressen wie zwei wilde

Tiere. Denn die Mehrer des Reiches verrechnen sich nicht nur auf den Thronen, sondern zuweilen auch in den niedersten Hütten und langen ganz am entgegengesetzten Ende an, als wohin sie zu kommen trachteten, und der Schild der Ehre ist im Umsehen eine Tafel der Schande. Sali und Vrenchen hatten aber noch die Ehre ihres Hauses gesehen in zarten Kinderjahren und erinnerten sich, wie wohlgepflegte Kinderchen sie gewesen und dass ihre Väter ausgesehen wie andere Männer, geachtet und sicher. Dann waren sie auf lange getrennt worden, und als sie sich wiederfanden, sahen sie in sich zugleich das verschwundene Glück des Hauses, und beider Neigung klammerte sich nur um so heftiger ineinander. Sie mochten so gern fröhlich und glücklich sein, aber nur auf einem guten Grund und Boden, und dieser schien ihnen unerreichbar, während ihr wallendes Blut am liebsten gleich zusammengeströmt wäre. »Nun ist es Nacht«, rief Vrenchen, »und wir sollen uns trennen!« »Ich soll nach Hause gehen und dich allein lassen?«, rief Sali, »nein, das kann ich nicht!« »Dann wird es Tag werden und nicht besser um uns stehen!«

»Ich will euch einen Rat geben, ihr närrischen Dinger!«, tönte eine schrille Stimme hinter ihnen, und der Geiger trat vor sie hin. »Da steht ihr«, sagte er, »wisst nicht wo hinaus und hättet euch gern. Ich rate euch, nehmt euch, wie ihr seid, und säumet nicht. Kommt mit mir und meinen guten Freunden in die Berge, da brauchet ihr keinen Pfarrer, kein Geld, keine Schriften, keine Ehre, kein Bett, nichts als euern guten Willen! Es ist gar nicht so übel bei uns, gesunde Luft und genug zu essen, wenn man tätig ist; die grünen Wälder sind unser Haus, wo wir uns lieb haben, wie es uns gefällt, und im Winter machen wir uns die wärmsten Schlupfwinkel oder kriechen den Bauern ins warme Heu. Also kurz entschlossen, haltet gleich hier Hochzeit und kommt mit uns, dann seid ihr aller Sorgen los und habt euch für immer und ewiglich, solange es euch gefällt wenigstens; denn alt werdet ihr bei unserm freien Leben, das könnt ihr glauben! Denkt nicht etwa, dass ich euch nachtragen will, was eure Alten an mir getan!

Nein! es macht mir zwar Vergnügen, euch da angekommen zu sehen, wo ihr seid; allein damit bin ich zufrieden und werde euch behilflich und dienstfertig sein, wenn ihr mir folgt.« Er sagte das wirklich in einem aufrichtigen und gemütlichen Tone. »Nun, besinnt euch ein bisschen, aber folget mir, wenn ich euch gut zum Rat bin! Lasst fahren die Welt und nehmet euch und fraget niemandem was nach! Denkt an das lustige Hochzeitbett im tiefen Wald oder auf einem Heustock, wenn es euch zu kalt ist!« Damit ging er ins Haus. Vrenchen zitterte in Salis Armen und dieser sagte: »Was meinst du dazu? Mich dünkt, es wäre nicht übel, die ganze Welt in den Wind zu schlagen und uns dafür zu lieben ohne Hindernis und Schranken!« Er sagte es aber mehr als einen verzweifelten Scherz denn im Ernst. Vrenchen aber erwiderte ganz treuherzig und küsste ihn: »Nein, dahin möchte ich nicht gehen, denn da geht es auch nicht nach meinem Sinne zu. Der junge Mensch mit dem Waldhorn und das Mädchen in dem seidenen Rock gehören auch so zueinander und sollen sehr verliebt gewesen sein. Nun sei letzte Woche die Person ihm zum ersten Mal untreu geworden, was ihm nicht in den Kopf wolle, und deshalb sei er so traurig und schmolle mit ihr und mit den andern, die ihn auslachen. Sie aber tut eine mutwillige Buße, indem sie allein tanzt und mit niemandem spricht, und lacht ihn auch nur aus damit. Dem armen Musikanten sieht man es jedoch an, dass er sich noch heute mit ihr versöhnen wird. Wo es aber so hergeht, möchte ich nicht sein, denn nie möcht ich dir untreu werden, wenn ich auch sonst noch alles ertragen würde, um dich zu besitzen!« Indessen aber fieberte das arme Vrenchen immer heftiger an Salis Brust; denn schon seit dem Mittag, wo jene Wirtin es für eine Braut gehalten und es eine solche ohne Widerrede vorgestellt, lohte ihm das Brautwesen im Blute, und je hoffnungsloser es war, um so wilder und unbezwinglicher. Dem Sali erging es ebenso schlimm, da die Reden des Geigers, so wenig er ihnen folgen mochte, dennoch seinen Kopf verwirrten, und er sagte mit ratlos stockender Stimme: »Komm herein, wir müssen wenigstens noch was essen und trinken.« Sie gingen in die Gaststube, wo niemand mehr war als die kleine Gesellschaft der Heimatlosen, welche bereits um einen Tisch saß und eine spärliche Mahlzeit hielt. »Da kommt unser Hochzeitpaar!«, rief der Geiger, »jetzt seid lustig und fröhlich und lasst euch zusammengeben!« Sie wurden an den Tisch genötigt und flüchteten sich vor sich selbst an denselben hin; sie waren froh, nur für den Augenblick unter Leuten zu sein. Sali bestellte Wein und reichlichere Speisen, und es begann eine große Fröhlichkeit. Der Schmollende hatte sich mit der Untreuen versöhnt, und das Paar liebkoste sich in begieriger Seligkeit; das andere wilde Paar sang und trank und ließ es ebenfalls nicht an Liebesbezeugungen fehlen, und der Geiger nebst dem buckligen Bassgeiger lärmten ins Blaue hinein. Sali und Vrenchen waren still und hielten sich umschlungen; auf einmal gebot der Geiger Stille und führte eine spaßhafte Zeremonie auf, welche eine Trauung vorstellen sollte. Sie mussten sich die Hände geben und die Gesellschaft stand auf und trat der Reihe nach zu ihnen, um sie zu beglückwünschen und in ihrer Verbrüderung willkommen zu heißen. Sie ließen es geschehen, ohne ein Wort zu sagen, und betrachteten es als einen Spaß, während es sie doch kalt und heiß durchschauerte.

Die kleine Versammlung wurde jetzt immer lauter und aufgeregter, angefeuert durch den stärkern Wein, bis plötzlich der Geiger zum Aufbruch mahnte. »Wir haben weit«, rief er, »und Mitternacht ist vorüber! Auf! wir wollen dem Brautpaar das Geleit geben, und ich will vorausgeigen, dass es eine Art hat!« Da die ratlosen Verlassenen nichts Besseres wussten und überhaupt ganz verwirrt waren, ließen sie abermals geschehen, dass man sie voranstellte und die übrigen zwei Paare einen Zug hinter ihnen formierten, welchen der Bucklige abschloss mit seiner Bassgeige über der Schulter. Der Schwarze zog voraus und spielte auf seiner Geige wie besessen den Berg hinunter, und die andern lachten, sangen und sprangen hintendrein. So strich der tolle nächtliche Zug durch die stillen Felder und durch das Heimatdorf Salis und Vrenchens, dessen Bewohner längst schliefen.

Als sie durch die stillen Gassen kamen und an ihren verlorenen Vaterhöfen vorüber, ergriff sie eine schmerzhaft wilde Laune und sie tanzten mit den andern um die Wette hinter dem Geiger her, küssten sich, lachten und weinten. Sie tanzten auch den Hügel hinauf, über welchen der Geiger sie führte, wo die drei Äcker lagen, und oben strich der schwärzliche Kerl die Geige noch einmal so wild, sprang und hüpfte wie ein Gespenst, und seine Gefährten blieben nicht zurück in der Ausgelassenheit, sodass es ein wahrer Blocksberg war auf der stillen Höhe; selbst der Bucklige sprang keuchend mit seiner Last herum und keines schien mehr das andere zu sehen. Sali fasste Vrenchen fester in den Arm und zwang es still zu stehen; denn er war zuerst zu sich gekommen. Er küsste es, damit es schweige, heftig auf den Mund, da es sich ganz vergessen hatte und laut sang. Es verstand ihn endlich und sie standen still und lauschend, bis ihr tobendes Hochzeitgeleite das Feld entlang gerast war und, ohne sie zu vermissen, am Ufer des Stromes hinauf sich verzog. Die Geige, das Gelächter der Mädchen und die Jauchzer der Bursche tönten aber noch eine gute Zeit durch die Nacht, bis zuletzt alles verklang und still wurde.

»Diesen sind wir entflohen«, sagte Sali, »aber wie entfliehen wir uns selbst? Wie meiden wir uns?«

Vrenchen war nicht imstande zu antworten und lag hochaufatmend an seinem Halse. »Soll ich dich nicht lieber ins Dorf zurückbringen und Leute wecken, dass sie dich aufnehmen? Morgen kannst du ja dann deines Weges ziehen und gewiss wird es dir wohlgehen, du kommst überall fort!«

»Fortkommen, ohne dich!«

»Du musst mich vergessen!«

»Das werde ich nie! Könntest denn du es tun?«

»Darauf kommt's nicht an, mein Herz!«, sagte Sali und streichelte ihm die heißen Wangen, je nachdem es sie leidenschaftlich an seiner Brust herumwarf, »es handelt sich jetzt nur um dich; du bist noch so ganz jung, und es kann dir noch auf allen Wegen gut gehen!«

»Und dir nicht auch, du alter Mann?«

»Komm!«, sagte Sali und zog es fort. Aber sie gingen nur einige Schritte und standen wieder still, um sich bequemer zu umschlingen und zu herzen. Die Stille der Welt sang und musizierte ihnen durch die Seelen, man hörte nur den Fluss unten sacht und lieblich rauschen im langsamen Ziehen.

»Wie schön ist es da rings herum! Hörst du nicht etwas tönen, wie ein schöner Gesang oder ein Geläute?«

»Es ist das Wasser, das rauscht! Sonst ist alles still.«

»Nein, es ist noch etwas anderes, hier, dort hinaus, überall tönt's!«

»Ich glaube, wir hören unser eigenes Blut in unsern Ohren rauschen!«

Sie horchten ein Weilchen auf diese eingebildeten oder wirklichen Töne, welche von der großen Stille herrührten oder welche sie mit den magischen Wirkungen des Mondlichtes verwechselten, welches nah und fern über die weißen Herbstnebel wallte, welche tief auf den Gründen lagen. Plötzlich fiel Vrenchen etwas ein; es suchte in seinem Brustgewand und sagte: »Ich habe dir noch ein Andenken gekauft, das ich dir geben wollte!« Und es gab ihm den einfachen Ring und steckte ihm denselben selbst an den Finger. Sali nahm sein Ringlein auch hervor und steckte ihn an Vrenchens Hand, indem er sagte: »So haben wir die gleichen Gedanken gehabt!« Vrenchen hielt seine Hand in das bleiche Silberlicht und betrachtete den Ring. »Ei, wie ein feiner Ring!«, sagte es lachend; »nun sind wir aber doch verlobt und versprochen, du bist mein Mann und ich deine Frau, wir wollen es einmal einen Augenblick lang denken, nur bis jener Nebelstreif am Mond vorüber ist oder bis wir zwölf gezählt haben! Küsse mich zwölfmal!«

Sali liebte gewiss ebenso stark als Vrenchen, aber die Heiratsfrage war in ihm doch nicht so leidenschaftlich lebendig als ein bestimmtes Entweder-oder, als ein unmittelbares Sein oder Nichtsein, wie in Vrenchen, welches nur das Eine zu fühlen fähig war und mit leidenschaftlicher Entschiedenheit unmittelbar Tod oder Leben darin sah. Aber jetzt ging ihm endlich ein Licht auf und das weibliche Gefühl des jungen Mädchens ward in ihm auf der Stelle zu einem wilden und heißen Verlangen und eine glühende Klarheit erhellte ihm die Sinne. So heftig er Vrenchen schon umarmt und liebkost hatte, tat er es jetzt doch ganz anders und stürmischer und übersäete es mit Küssen. Vrenchen fühlte trotz aller eigenen Leidenschaft auf der Stelle diesen Wechsel und ein heftiges Zittern durchfuhr sein ganzes Wesen, aber ehe jener Nebelstreif am Monde vorüber war, war es auch davon ergriffen. Im heftigen Schmeicheln und Ringen begegneten sich ihre ringgeschmückten Hände und fassten sich fest, wie von selbst eine Trauung vollziehend, ohne den Befehl eines Willens. Salis Herz klopfte bald wie mit Hämmern, bald stand es still, er atmete schwer und sagte leise: »Es gibt eines für uns, Vrenchen, wir halten Hochzeit zu dieser Stunde und gehen dann aus der Welt – dort ist das tiefe Wasser – dort scheidet uns niemand mehr und wir sind zusammengewesen – ob kurz oder lang, das kann uns dann gleich sein. –«

Vrenchen sagte sogleich: »Sali – was du da sagst, habe ich schon lang bei mir gedacht und ausgemacht, nämlich dass wir sterben könnten und dann alles vorbei wäre – so schwör mir es, dass du es mit mir tun willst!«

»Es ist schon so gut wie getan, es nimmt dich niemand mehr aus meiner Hand als der Tod!«, rief Sali außer sich. Vrenchen aber atmete hoch auf, Tränen der Freude entströmten seinen Augen; es raffte sich auf und sprang leicht wie ein Vogel über das Feld gegen den Fluss hinunter. Sali eilte ihm nach; denn er glaubte, es wolle ihm entfliehen, und Vrenchen glaubte, er wolle es zurückhalten. So sprangen sie einander nach und Vrenchen lachte wie ein Kind, welches sich nicht will fangen lassen. »Bereust du es schon?«, rief eines zum andern, als sie am Flusse angekommen waren und sich ergriffen; »nein! es freut mich immer mehr!«, erwiderte ein jedes. Aller Sorgen ledig gingen sie am Ufer hinunter und überholten die eilenden Wasser, so hastig suchten sie eine Stätte, um sich niederzulassen; denn ihre Leidenschaft sah jetzt nur den Rausch der Seligkeit, der in ihrer Vereinigung lag, und der ganze Wert und Inhalt des übrigen Lebens drängte sich in diesem zusammen; was danach kam, Tod und Untergang, war ihnen ein Hauch, ein Nichts, und sie dachten weniger daran als ein Leichtsinniger denkt, wie er den andern Tag leben will, wenn er seine letzte Habe verzehrt.

»Meine Blumen gehen mir voraus«, rief Vrenchen, »sieh, sie sind ganz dahin und verwelkt!« Es nahm sie von der Brust, warf sie ins Wasser und sang laut dazu: »Doch süßer als ein Mandelkern ist meine Lieb zu dir!«

»Halt!«, rief Sali, »hier ist dein Brautbett!«

Sie waren an einen Fahrweg gekommen, der vom Dorfe her an den Fluss führte, und hier war eine Landungsstelle, wo ein großes Schiff, hoch mit Heu beladen, angebunden lag. In wilder Laune begann er unverweilt die starken Seile loszubinden. Vrenchen fiel ihm lachend in den Arm und rief! »Was willst du tun? Wollen wir den Bauern ihr Heuschiff stehlen zu guter Letzt?« »Das soll die Aussteuer sein, die sie uns geben, eine schwimmende Bettstelle und ein Bett, wie noch keine Braut gehabt! Sie werden überdies ihr Eigentum unten wiederfinden, wo es ja doch hin soll, und werden nicht wissen, was damit geschehen ist. Sieh, schon schwankt es und will hinaus!«

Das Schiff lag einige Schritte vom Ufer entfernt im tiefern Wasser. Sali hob Vrenchen mit seinen Armen hoch empor und schritt durch das Wasser gegen das Schiff; aber es liebkoste ihn so heftig ungebärdig und zappelte wie ein Fisch, dass er im ziehenden Wasser keinen Stand halten konnte. Es strebte Gesicht und Hände ins Wasser zu tauchen und rief: »Ich will auch das kühle Wasser versuchen! Weißt du noch, wie kalt und nass unsere Hände waren, als wir sie uns zum ersten Mal gaben? Fische fingen wir damals, jetzt werden wir selber Fische sein und zwei schöne große!« »Sei ruhig, du lieber Teufel!«, sagte Sali, der Mühe hatte, zwischen dem tobenden Liebchen und den Wellen sich aufrecht zu halten, »es zieht mich sonst fort!« Er hob seine Last in das Schiff und schwang sich nach; er hob sie auf die hochgebettete weiche und duftende Ladung und schwang sich auch hinauf, und als sie oben saßen, trieb das Schiff allmählig in die Mitte des Stromes hinaus und schwamm dann, sich langsam drehend, zu Tal.

Der Fluss zog bald durch hohe dunkle Wälder, die ihn überschatteten, bald durch offenes Land; bald an stillen Dörfern vorbei, bald an einzelnen Hütten; hier geriet er in eine Stille, dass er einem ruhigen See glich und das Schiff beinah stillhielt, dort strömte er um Felsen und ließ die schlafenden Ufer schnell hinter sich; und als die Morgenröte aufstieg, tauchte zugleich eine Stadt mit ihren Türmen aus dem silbergrauen Strome. Der untergehende Mond, rot wie Gold, legte eine glänzende Bahn den Strom hinauf und auf dieser kam das Schiff langsam überquer gefahren. Als es sich der Stadt näherte, glitten im Froste des Herbstmorgens zwei bleiche Gestalten, die sich fest umwanden, von der dunklen Masse herunter in die kalten Fluten.

Das Schiff legte sich eine Weile nachher unbeschädigt an eine Brücke und blieb da stehen. Als man später unterhalb der Stadt die Leichen fand und ihre Herkunft ausgemittelt hatte, war in den Zeitungen zu lesen, zwei junge Leute, die Kinder zweier blutarmen zu Grunde gegangenen Familien, welche in unversöhnlicher Feindschaft lebten, hätten im Wasser den Tod gesucht, nachdem sie einen ganzen Nachmittag herzlich miteinander getanzt und sich belustigt auf einer Kirchweih. Es sei dies Ereignis vermutlich in Verbindung zu bringen mit einem Heuschiff aus jener Gegend, welches ohne Schiffleute in der Stadt gelandet sei, und man nehme an, die jungen Leute haben das Schiff entwendet, um darauf ihre verzweifelte und gottverlassene Hochzeit zu halten, abermals ein Zeichen von der um sich greifenden Entsittlichung und Verwilderung der Leidenschaften.

Editorische Notiz

›Romeo und Julia auf dem Dorfe‹ wurde erstmals 1856 veröffentlicht im ersten Teil des Novellenzyklus ›Die Leute von Seldwyla‹. Die Erzählung ›Kleider machen Leute‹, entstanden in den 1860er Jahren, erschien 1874, im zweiten Teil der ›Leute von Seldwyla‹.

Die vorliegenden Texte sind folgender Ausgabe entnommen: Gottfried Keller: Sämtliche Werke. Historisch-kritische Ausgabe herausgegeben von Jonas Fränkel. Erlenbach b. Zürich 1927 [Band 7, darin: ›Romeo und Julia auf dem Dorfe‹; Band 8, darin: ›Kleider machen Leute‹].

Die Orthographie wurde auf der Grundlage der neuen Rechtschreibung behutsam modernisiert. Eindeutige Druck- und Satzfehler wurden verbessert.

Daten zu Leben und Werk

1819
19. Juli: Gottfried Keller wird in Zürich als Sohn des Drechslermeisters Rudolf Keller und seiner Frau Elisabeth, geb. Scheuchzer, geboren.

1822
Geburt der Schwester Regula.

1824
Tod des Vaters.

1826
Wiederverheiratung der Mutter.

1831
Keller, der ab 1825 die Armenschule besuchte, wechselt in das Landknabeninstitut in Zürich.

1834
Keller wird von der Kantonalen Industrieschule verwiesen, in die er im Vorjahr eingetreten war. Er will Maler werden und geht beim Lithografen Peter Steiger in Zürich zur Lehre. Scheidung der Mutter. Bereits in der Schulzeit entstehen erste Dramen, während der Lehrzeit auch novellistische Arbeiten.

1837
Keller erhält Malunterricht bei dem Aquarellisten Rudolf Meyer.

1838
Abbruch des Malunterrichts. Tod der angeblichen Jugendliebe Henriette Keller. Lyrische Anfänge.

1840–1842
Aufenthalt in München. 1841 wird Keller zum Redakteur des Wochenblatts der Schweizergesellschaft gewählt.

1843
Keller schreibt und schickt Gedichte an Julius Fröbel.

1844/1845
Keller nimmt am Ersten und Zweiten Freischarenzug teil.

1845/1846
Im *Deutschen Taschenbuch* erscheinen die *Lieder eines Autodidakten*, *Einundzwanzig Liebeslieder* und *Feueridylle*. Das erste Buch Kellers erscheint: *Gedichte*.

1847
Keller wirbt erfolglos um Luise Rieter.

1848
Keller erhält ein Ausbildungsstipendium der Zürcher Regierung. Reise nach Heidelberg.

1850
Arbeit an der ersten Fassung des *Grünen Heinrich*. Reise über Köln nach Berlin.

1850–1855
Keller lebt in Berlin, er verkehrt im Salon Fanny Lewalds, außerdem bei Varnhagen.
Unglückliche Liebe zu Betty Tendering (1854).

1851
Neuere Gedichte erscheinen. Im folgenden Jahr verkauft die Mutter ihr Haus, um Keller weiter unterstützen zu können.

1853
Der grüne Heinrich (Bände 1 bis 3) erscheint. Keller arbeitet an *Die Leute von Seldwyla.*

1854
Erweitere Ausgabe der *Neueren Gedichte.*

1855–1861
Keller lebt als freier Schriftsteller in Hottingen bei der Mutter. Bekanntschaft mit Paul Heyse (1857). Annäherung an die demokratische Opposition.

1856
Die Leute von Seldwyla erscheint.

1860
Das Fähnlein der sieben Aufrechten erscheint in Berthold Auerbachs *Deutschem Volks-Kalender auf das Jahr 1861.*

1861
Am Mythenstein erscheint im *Morgenblatt für gebildete Leser.* Keller wird zum ersten Staatsschreiber des Kantons Zürich und ins Kantonsparlament gewählt. Mit Mutter und Schwester bezieht er eine Amtswohnung in der Kirchgasse.

1861–1876
Amtstätigkeit unter der altliberalen, ab 1869 unter der demokratischen Regierung.

1864
Tod der Mutter.

1865
Die mißbrauchten Liebesbriefe erscheint in der *Deutschen Reichszeitung.*

1866
Im Mai Verlobung mit Luise Scheidegger, die sich am 13. Juli das Leben nimmt.

1869
Erhalt der Ehrendoktorwürde der Universität Zürich.

1872
Sieben Legenden erscheint. Ein Trinkspruch Kellers über einen in der Zukunft denkbaren Anschluss der Schweiz an Deutschland führt zu einem Eklat.

1873
Heiratsantrag an Lina Weißert, den diese zurückweist.

1874
Erweitere Neuausgabe von *Die Leute von Seldwyla* (Band 1 bis 3).

1875
Umzug mit der Schwester auf das Bürgli außerhalb der Stadt.

1876/1877
Keller scheidet aus seinem Amt aus. Die *Züricher Novellen* erscheinen in Teilen in der *Deutschen Rundschau*, die Buchausgabe erscheint 1877. Beginn des Briefwechsels mit Theodor Storm.

1879
Die ersten drei Bände der Neufassung des *Grünen Heinrich* erscheinen, der vierte Band folgt 1880.

1881
Vorabdruck von *Das Sinngedicht* in der *Deutschen Rundschau* und Erscheinen der Buchausgabe.

1882
Keller zieht in den Zeltweg nach Zürich-Hottingen um.

1883
Gesammelte Gedichte erscheinen.

1884
Freundschaft mit Arnold Böcklin, Besuch von Friedrich Nietzsche.

1886
Vorabdruck des *Martin Salander* in der *Deutschen Rundschau* und Erscheinen der Buchausgabe.

1888
Tod der Schwester.

1889
Keller entflieht den offiziellen Feiern zu seinem 70. Geburtstag nach Seelisberg am Vierwaldstättersee. Kuraufenthalt in Baden.

1890
Erkrankung Kellers. 15. Juli: Keller stirbt in Zürich.

Aus Kindlers Literatur Lexikon: Gottfried Keller, ›Kleider machen Leute‹

Die Erzählung erschien 1874 im zweiten Band des Novellzyklus *Die Leute von Seldwyla*; der Text entstand wohl in den 1860er Jahren in Zürich. – Ein arbeitsloser Schneidergeselle aus Seldwyla, Wenzel Strapinski, hat sich auf die Wanderschaft begeben, darf unterwegs aber bald in einer vornehmen Kutsche Platz nehmen, die mit ihm in das Nachbarstädtchen Goldach einfährt. Der dem herrschaftlichen Wagen entsteigende Schneider wird vom Kutscher als Herr von aristokratischer Herkunft ausgegeben, und Wenzel, der durch sein romantisch-melancholisches Aussehen, vor allem aber durch seinen langen und kostbar wirkenden, samtgefütterten Mantel Aufsehen erregt, gilt bald als ein polnischer, mit Reichtümern gesegneter Graf, den die neugierige und gewinnsüchtige Bürgerschaft fürstlich bewirtet und gebührend feiert. Das verträumte Schneiderlein fördert das für ihn märchenhafte Missverständnis nicht von sich aus, findet aber auch nicht den Mut, es aufzuklären. Die wachsende Neigung zur Amtstochter Nettchen verführt ihn endgültig dazu, die allseitige Bewunderung freundlich hinzunehmen und aus der glanzvollen gesellschaftlichen Erhöhung Nutzen zu ziehen. Sein natürlich-vornehmes Wesen und sein »fürstlicher« Aufzug erwecken bald zärtliche Gefühle bei der Amtstochter, die in Wenzel den Märchenprinzen erblickt, den sie in ihren romantischen Träumen herbeisehnte. Doch auf dem prächtig zugerüsteten Verlobungsfest, das Wenzel mit einem Spielgewinn finanzieren will, wartet dem Paar eine Abordnung aus Seldwyla mit einer schadenfrohen Entlarvungskomödie auf. In einer auf ihn zielenden allegorischen Pantomime über das Wortspiel »Leute machen Kleider – Kleider machen Leute« sieht sich der Kostümgraf entdeckt und flieht verzweifelt in die Winternacht hinaus. Halb erfroren findet ihn Nettchen, die ihm nachgefahren ist, im Schnee. Durch kluge Fragen bringt sie ihn zum Sprechen, erkennt nach anfänglicher Entrüstung, dass Unschuld und

Wahrhaftigkeit sich hinter seiner romantischen Verirrung verbergen, und setzt gegen den Widerstand des Vaters, und ohne den Spott der Bürger zu fürchten, die Heirat durch. Wenzel rechtfertigt glänzend das in ihn gesetzte Vertrauen: Er wird ein angesehener Tuchherr in Seldwyla, später in Goldach, der seinen Besitz, aber auch seinen Leibesumfang und die Zahl seiner Kinder nach Belieben erweitert.

Wie in den anderen Erzählungen seines Zyklus deckt Keller auch hier das komplexe Verhältnis zwischen Täuschung und Realität, zwischen Schein und Sein unter gesellschaftskritischem Aspekt auf, so aber, dass der freie Humor als dominierende Erzählhaltung alle Ansätze zu satirischer Schärfe überspielt und eine freundliche Distanz des Erzählers zu seinen Gestalten ermöglicht. Der wandernde Schneider, eine typisch spätromantische Figur, kommt durch seinen vornehmen Mantel und die melancholische Blässe seines Angesichts dem heimlichen Wunschbild der Kleinstädter entgegen – einem Wunschbild, das nur die exzentrische Kehrseite ihrer kleinbürgerlichen Enge ist und das es im ersten Teil der Erzählung den beiden jungen Leuten gestattet, sich dem romantischen Schein uneingeschränkt zu überlassen. Die unvermeidliche Entlarvung dieser Täuschung stürzt das Liebespaar in eine Verzweiflung, in der erst die befreiend-heitere Wende erfolgen kann. In Nettchen, die sich, allen maskenhaften Konventionen zum Trotz, tapfer zu Wenzel bekennt, kristallisiert sich Kellers Ideal praktischer Humanität: »So feierte sie erst jetzt ihre rechte Verlobung aus tief entschlossener Seele, indem sie in süßer Leidenschaft ein Schicksal auf sich nahm und Treue hielt.« Nicht in einer träumerisch-weltfremden Gebärde und im aristokratischen Habitus erscheint das Wunderbare – zeichenhaft hierfür steht der Mantel, den Keller wie zahlreiche andere Details in den Rang eines dem Allegorischen angenäherten Dingsymbols zu erheben wusste –, sondern das Wunder ereignet sich einzig in einer der gesellschaftlichen Wirklichkeit kritisch zugewandten Haltung, in der neben Tatkraft vor allem die Liebe dominiert.

Gert Sautermeister

Aus Kindlers Literatur Lexikon: Gottfried Keller, ›Romeo und Julia auf dem Dorfe‹

Die 1856 erschienene Novelle nimmt im Zyklus *Die Leute von Seldwyla* eine Ausnahmestellung ein; thematisch Shakespeares Drama von Liebe und Tod zweier Veroneser Adliger verpflichtet (*An Excellent Conceited Tragedie of Romeo and Juliet*), geht sie auf ein tatsächliches Ereignis zurück, von dem Keller aus der *Züricher Freitagszeitung* vom 3. November 1847 erfuhr. Der Versuch, das Ereignis als episches Gedicht darzustellen, scheiterte 1849. Erst 1855 vollendete Keller die Novelle und sah sich verpflichtet, in einem Vorwort eine Begründung für seine Adaption eines berühmten literarischen Stoffes zu geben: »Diese Geschichte zu erzählen würde eine müßige Nachahmung sein, wenn sie nicht auf einem wirklichen Vorfall beruhte, zum Beweise, wie tief im Menschenleben jede jener Fabeln wurzelt, auf welche die großen alten Werke gebaut sind. Die Zahl solcher Fabeln ist mäßig; aber stets treten sie in neuem Gewande wieder in Erscheinung und zwingen alsdann die Hand, sie festzuhalten.« Das »neue Gewand« ist die bäuerlich-kleinbürgerliche Lebensform des 19. Jh.s, deren Werte und Normen – nicht der Eingriff eines anonymen Schicksals oder transzendentaler Mächte – Kellers jugendliche Helden in den Tod treiben.

Bereits das berühmte Eingangsbild typisiert die scheinbar unumstößliche, archaisch wirkende Ordnung des bäuerlichen Lebens: Zwei Bauern, Manz und Marti, Nachbarn aus einem Dorf bei Seldwyla, pflügen an einem Sommermorgen »ruhevoll« ihre Äcker: »Es war schön anzusehen in der stillen goldenen Septembergegend, wenn sie so auf der Höhe aneinander vorbeizogen, still und langsam, und sich mälig voneinander entfernten, immer weiter auseinander, bis beide wie zwei untergehende Gestirne hinter die Wölbung des Hügels hinabgingen und verschwanden, um eine gute Weile darauf wieder zu erscheinen.« Getrennt werden die Äcker durch ein brachliegendes Feld, von dem beide

Bauern bei Abschluss ihres Tagwerks noch jeweils eine tüchtige Furche reißen. Eigentümer der Brache ist vermutlich, die beiden zweifeln nicht daran, der »schwarze Geiger«, ein aus der Gemeinde Ausgeschlossener und in den Augen der Bauern ebenso »verwildert« wie sein Feld, der jedoch die nötigen Papiere nicht beibringen kann, die seinen Anspruch auf das Feld belegen würden. Manz kann schließlich das Feld auf einer öffentlichen Versteigerung erwerben. Aber da sich Marti zuvor noch, gegen jede augenfällige Ordnung der Felder, ein Dreieck aus dem Brachland ausgeschnitten hat, beginnt zwischen beiden Bauern ein ruinöser Rechtsstreit. Manz erfüllt ein »wunderbarer Sinn für Symmetrie und parallele Linien«, jeder der vormals befreundeten Kontrahenten fühlt sich nun »in seiner wunderlichen Ehre gekränkt«, und ihre Händel haben erst ein Ende, als beide sich um Haus und Hof prozessiert haben.

Leidtragende dieser Entwicklung sind vor allem die Kinder der beiden Bauern, Sali und Vrenchen, »welche weder eine gute Hoffnung für ihre Zukunft fassen konnten noch sich auch nur einer lieblich frohen Jugend erfreuten, da überall nichts als Zank und Sorge war«. Das Mädchen leidet unter der »Tyrannei eines verwilderten Vaters«, und es fällt ihm schwer, sich »ordentlich und reinlich« zu kleiden. Auch Sali, Sohn von Manz, fühlt, »wie er nichts Rechts vor sich hatte und ebensowenig Rechts lernte«, wo es sein Bedürfnis ist, »im ganzen einfach, ruhig und leidlich tüchtig zu sein«. Die Zuordnungen haben sich verkehrt, die Welt der Väter ist nunmehr eine Sphäre des »verwilderten« Lebens, die Attribute bürgerlicher Ordentlichkeit sind ins Unerreichbare geschwunden. Manz übernimmt einen verkommenen Gasthof in Seldwyla, Marti bleibt mit wenigen vernachlässigten Feldern auf dem Land, beide suchen schließlich, wie alle »fallierten« Seldwyler, sich und ihre Familien durchs Fischen zu ernähren. Sali und Vrenchen kennen sich von klein auf, mit dem Streit der Väter verlieren sie sich aus den Augen und begegnen sich erst wieder, als ihre Väter auf einer Brücke in wütenden Streit geraten; Sali und Vrenchen treten dazwischen.

Am andern Tag schleicht Sali sich in das alte Dorf zurück und trifft Vrenchen schließlich an jenen Äckern, die ihre Väter einst pflügten, wo sie »Hand in Hand« entlanggehen: »Sie legten zwei- und dreimal den Hin- und Herweg zurück, still, glückselig und ruhig, sodass dieses einige Paar nun auch einem Sternbilde glich, welches über die sonnige Rundung der Anhöhe und hinter derselben niederging, wie einst die sicher gehenden Pflugzüge ihrer Väter.« Zwar stört sie unvermutet der schwarze Geiger, der das Schicksal ihrer Eltern als Ausgleich für den ihm beigebrachten Schaden betrachtet, aber schließlich können sie einander ihre Liebe gestehen und bauen sich im Kornfeld »einen engen Kerker in den goldenen Ähren, die ihnen hoch über den Kopf ragten, als sie drin saßen, sodass sie nur den tiefblauen Himmel über sich sahen und sonst nichts von der Welt«. Marti aber überrascht das junge Paar, und als er beginnt, Vrenchen zu misshandeln, schlägt ihn Sali, »halb in Angst um Vrenchen und halb im Jähzorn«, mit einem Stein nieder. Sechs Wochen liegt Marti im Koma; er erwacht als Debiler, und Sali hat damit endgültig das mögliche Glück mit Vrenchen zerstört: »Doch kann ich dich nie bekommen, auch wenn alles andere nicht wäre, bloß weil du meinen Vater geschlagen und um den Verstand gebracht hast! Dies würde immer ein schlechter Grundstein unserer Ehe sein und wir beide nie sorglos werden, nie!« Martis Anwesen wird nun gänzlich versteigert, er selbst von der Gemeinde in »einer Stiftung für dergleichen arme Tröpfe auf öffentliche Kosten« untergebracht, und binnen zwei Tagen muss Vrenchen das Haus räumen.

Erneut erscheint Sali, und mit ihm will Vrenchen einen Tag verbringen, bevor sie sich irgendwo als Dienstmagd verdingen muss. Sali verkauft seine Uhr, ersteht aus dem Erlös für Vrenchen ein Paar Schuhe, und zusammen wandern sie in ein Dorf, wo man sie nicht kennt – nicht ohne dass zuvor Vrenchen jener Bäuerin, der sie ihr Bett verkauft hat, Sali als ihren Bräutigam vorstellt, der in der Lotterie unermesslich reich geworden sei, was jenen Ausbruch an Herzlichkeit bewirkt, den die beiden sonst von den Leuten von Seldwyla nie erfahren haben. Soziale Sicherheit, Anerkennung und immer wieder die Attribute des Reinlichen und Sauberen – dies sind die Kennzeichen, die beider Utopie ausmachen und die sie nicht verwirklichen können. Sie wandern auf ein Dorf zu, werden von der dortigen Wirtin für »rechtliche junge Leutchen« gehalten, ein Urteil, das sich wiederholt, als sie sich in einem anderen Wirtshaus zum Mittagstisch niederlassen. Als aber am Abend, auf einem Kirchweihfest, einige Seldwyler sie erkennen und ihr Glück mit »Neid« mustern, fliehen sie dorthin, »wo das arme Volk sich lustig macht, zu dem wir jetzt auch gehören«. Dort – der Garten trägt den Namen »Paradiesgärtlein« – spielt auch der schwarze Geiger auf, der ihnen rät, ihr Leben außerhalb der bürgerlichen Konventionen zu führen. Gerade dies aber ersehnen die beiden nicht: »Das Gefühl, in der bürgerlichen Welt nur in einer ganz ehrlichen und gewissenfreien Ehe glücklich sein zu können«, war in Sali »ebenso lebendig wie in Vrenchen«. In der Gesellschaft der »Heimatlosen« verbringen sie den Rest der Nacht und dulden es, dass der schwarze Geiger in einer »spaßhaften Zeremonie« ihre Trauung simuliert. Schließlich folgen sie dem wilden tanzenden Zug der ausgelassenen Gesellschaft durch ihr früheres Heimatdorf und über die Felder zu den drei Äckern. Der bürgerlichen Welt können sie nicht, dem Bereich des »Blocksbergs« wollen sie nicht angehören; um ihre Liebe zu erfüllen, bleibt daher nur ein Weg: »Es gibt nur eines für uns, Vrenchen, wir halten Hochzeit zu dieser Stunde und gehen dann aus der Welt.« Ein am Flussufer angebundenes Boot wird ihnen zum »Brautbett« und zum Todeslager: Das Schiff treibt in den Nachtstunden den Fluss hinunter, und als »es sich der Stadt näherte, glitten im Froste des Herbstmorgens zwei bleiche Gestalten, die sich fest umwanden, von der dunklen Masse herunter in die kalten Fluten«.

Es macht den Rang der Novelle aus, dass sie sich weder ausschließlich als Kritik an einer bürgerlichen Lebensform noch als säkularisierte Parabel auf die Gebrochenheit alles Irdischen lesen lässt, wie auch Sali und Vrenchen sich allein weder als Märtyrer einer antibürgerlichen Utopie noch als Vertreter eines idealen

Christentums deuten lassen. An Wertungen und Rechtfertigungen war der Autor letztlich wohl nicht interessiert. Keller hatte zwar die Erstausgabe ursprünglich um eine kommentierende Schlussbemerkung ergänzt, in der er einerseits Entsagen predigt, andererseits diesen Ausbruch der Leidenschaft im Vergleich mit der herrschenden Gleichgültigkeit positiv beurteilt; aber bereits 1856 spricht er von der Notwendigkeit, diesen »schnöden Schluß« zu streichen, was allerdings erst mit der Neuauflage 1874 geschehen konnte.

Gert Sauermeister

Aus: Kindlers Literatur Lexikon. 3., völlig neu bearbeitete Auflage. Herausgegeben von Heinz Ludwig Arnold (ISBN 978-3-476-04000-8).